董菁

天蝎座。生于武汉古老长街。喜欢宅在一个缀满小说、音乐、电影的秘密花园。专栏作家。有小说结集。现居北京。

六书坊

巴黎小姐的午夜

董菁 著

武汉大学出版社
WUHAN UNIVERSITY PRESS

图书在版编目(CIP)数据

巴黎小姐的午夜/董菁著. —武汉:武汉大学出版社,2014. 3
六书坊
ISBN 978-7-307-11508-8

Ⅰ. 巴… Ⅱ. 董… Ⅲ. 随笔—作品集—中国—当代 Ⅳ. I267. 1

中国版本图书馆 CIP 数据核字(2013)第 209871 号

责任编辑:李 红 责任校对:鄢春梅 版式设计:韩闻锦

出版发行:**武汉大学出版社** (430072 武昌 珞珈山)
(电子邮件:cbs22@ whu. edu. cn 网址:www. wdp. com. cn)
印刷:湖北知音印务有限公司
开本:880×1230 1/32 印张:7. 875 字数:136 千字 插页:2
版次:2014 年 3 月第 1 版 2014 年 3 月第 1 次印刷
ISBN 978-7-307-11508-8 定价:18. 00 元

编委会

目 录
CONTENTS

序：董菁和她的电影世界 *001*

巴黎小姐的午夜

那些玛莲娜教给我们的 002
别样的晚秋 005
谁是你今生唯一的朗读者 009
盗梦音魂 014
蓝 018
黑蝶漫舞 023
被荒野感动 029
芭比的诱惑 033
巴黎小姐的午夜 039

美丽如老猫 043
城市・心事独白 049

白衣飘飘的年代

桃姐在你身边 056
爱如风尘 060
《色戒》这道晚茶 067
白衣飘飘的年代 071
生命，是那场阿根廷之旅 076
初恋像冰一样化掉了 082
致敬，我们的 11 岁 087
你是春娇，他是志明 092

目录
CONTENTS

她和她的故事 097
美丽人生 104

如果下辈子我还记得你

看岩井的下午 110
《看电影》VS《电影世界》 114
书屋电影梦 118
文艺青年的宠物物语 124
天使在我们身边 127
看不见的卡尔维诺和那些城市 133
那一片轻轻晃荡的海 136
男孩周杰伦和那些电影 140
另一种活法 145

如果下辈子我还记得你 150
淘碟记 153

那些花儿，那些声音

只爱陌生人 160
如果你不爱糖果 164
北京微闻 171
星外来客 176
我的台北 181
呐喊 190
暮色，新月 194
音乐的姿态 203
黑暗之光 208
那些花儿，那些声音 217
后　　记 233

序：董菁和她的电影世界

任 杰

十五年前，在一次作文课上。老师问董菁：你的文章是如何构思的？董菁答：我没有构思！顿时语惊四座！

从此以后，大家都认为她是一个个性十足的人。而事实上她只不过是说了一句真话而已。在中国，很多场合说真话是需要勇气的。十五年后，时过境迁，她定居北京，开始了新的生活。而不变的是她的写作方式依旧不必构思，依旧随感而发。

她经常周末一个人从北京飞回武汉去淘碟。她可以把“动机不纯”的中国电影骂得狗血喷头，取名“烂片”。面对影片，她时常泪流满面，为电影大胆表现出人性的真实而感动；时而拍手叫绝，为导演别致的表达和电影的独特折服，然后，愉快认真地写一篇文章。

做个电影导演是她儿时的梦想。我还听她父亲讲起过，她在大学的时候，就曾经和父母争吵闹着要退学，只是因为想报考北京电影学院导演专业。

如今，她没有如愿成为导演，而成了一位年轻的作家。但电影依旧是她心中的梦想。我不能说她是一个为电影和文学而生的人，但我可以确信她是一个可以为了电影和文学的梦想奋斗一生的人。

董菁我是了解的，想想从 2010 年相识到今天已有三个年头。这三年中，我们一起经历了生活的点点滴滴，有辛酸、有无奈也有欢乐，这一切回忆起来又都是幸福的。对于我这样一个对当代电影了解不多的人来说，进入她的精神世界，如同演绎了一部浪漫的电影，因为我们都记得那棵美丽的山楂树。

我们这一代人的童年，大多有看露天电影的经历。记得儿时在河北的农村，每逢节日，在村子中间的马路上，或者晒小麦的广场上，都会架起放电影的幕布，至今我依然记得，那皱皱的幕布两侧挤满了黑压压的人群，乡亲们的说笑声，孩子们的吵闹声与电影开始前宣传计划生育的广告声混杂在一起，那真是一个独特的景观。在一向业余文化生活匮乏的农村，能看一场电影真是一种幸福，每每回忆起我的童年，露天电影院的场景历历在目。一直到今天，我还怀念那个物质贫乏且情感朴素的年代。

董菁和我是同龄人，生长在改革开放的八十年代，我们有着相同的历史记忆。不同的是她出生在长江之滨，一个有着深厚文学传统的家庭，从小在书堆里长大，对绘画和音乐也有涉猎，当然文学于她自然如近水楼台，而对于电影的热爱我想更多的是性格使然吧。

如今，看电影是她最重要的生活方式之一，每每有新片上映，就一定会第一时间去看。她和电影如同谈了一场永不结束的恋爱。而每次和她一起观影的过程，我却成了旁观者。我习惯坐在她的左边，是因为她喜欢坐在我的右边，这只是习惯。

因为承担着两份杂志的电影评论专栏，每个月的观影和撰稿是董菁必不可少的工作，影评创作她是一点也不会马虎的，选题极为挑剔，只有当电影结束后泪流满面，或拍案叫绝，这部电影才可以成为她创作的题材。因为我知道，影评是她心灵的文字。在看过的电影中，她更青睐小众的文艺片。与电影的投入和演员的人气无关，她说那样的电影更真实。

在我的印象中，她是一个脱俗的人，因为自从事文学创作那一天开始，她就表现出了一种对迎合市场、取悦大众的世俗文学的不屑，和对一些为金钱所收买无职业底线作家的鄙视。对于董菁的影评，我个人认为，无论是评论方式还是思想观点的表述，都是有其独特性格的。然而在今天这样一个提倡“和谐”的社会中会略显不合时宜。

对于影片的评论方式，她不同于一般的评论家对作品进行影片结构、导演技巧、演员表现、剧情设置的阐述与剖析。她的影评更像一篇精致的散文，更像一部充满寓意的小说。她并不注重对于原影片故事情节的复述，也不会直接用说明性的文字一一剖析，而是在原影片的基础之上对原著重新解读，将自我的审美、意识、观念渗透其中，进行艺术的二度创作。原有剧情只会成为她思想表达的一个线索，过后你会深深感觉到她的情感、观点、思想在文章中若隐若现。我一直都推崇意象评论，且固执地认为好的艺术评论一定是感性的。用艺术的方式评判艺术是否更准确呢？

我不知道。对于艺术作品，我坚信没有最好的技巧，只有最合适的表达。世界上没有一种放之四海而皆准的表现形式，最好的形式一定是带有艺术家的DNA。语言朴素，情感充沛，是最好的表达。

我欣赏董菁对于文学的真诚，更欣赏她在任何电影作品面前不卑不亢的姿态，即使荣获奥斯卡大奖的影片，也绝不会因为获奖的原因而一味恭维，也不会因为权威评论家的推崇而顺情美言。更多时候，她是用细腻而犀利的言语阐释着自己的观点和不同的解读。而这一切又源于独立的思考。

艺术家注定是孤独的，甚至带有淡淡的忧伤。我欣赏这样的态度，因为真正的艺术是要用生命去体验的。

有人说她是一个“单纯”的人，我一直为这样的评价羡慕不已。因为在我看来，从事艺术创造需要“单纯”，艺术作品往往因为“单纯”而有力量，艺术家也因为“单纯”而变得可爱、可敬，在今天这样一个世俗化、市场化泛滥的时代，能够保持一份高贵的“单纯”，是一种品格，更是一种境界。在中国人精神和自我意识集体迷失的时候，能够遵循内心的声音，做心灵的主人，何尝不是一种幸福！

董菁的散文集即将付梓，我发自内心地为她高兴。这本书不仅包含了近年来她对电影艺术的思考，还包括她对音乐、文化、城市、电视等领域的独特感悟。

对于董菁来说，这应该是她文学道路上的一个小小驿站，既是对过去的总结，也是一个崭新的开始。回首望去曾经有过的挫折、痛苦、困惑与孤独，都是你生命成长过程中的巨大财富。你的作品已经做了很好的诠释。

春天到了，小区里竹林边的那棵玉兰花已经盛开，它散发着淡淡的清香。

癸巳年草长莺飞时节于京东燕郊

巴黎小姐的午夜

>>>

那些玛莲娜教给我们的

——《西西里的美丽传说》

哦，西西里的玛莲娜，巴黎的玛莲娜，东京的玛莲娜，苏州的玛莲娜，台北的，吴哥的，湄公河上的，已经订过婚的玛莲娜，已做少妇的玛莲娜，有了淡淡皱纹的玛莲娜，头发似老妇人的严谨起来的玛莲娜，已安然享受夕阳余热的玛莲娜。还有，小小的玛莲娜，娇嫩如海滩精灵的白色贝壳，丰满的早熟的，海军校服掩不住她浑圆的一对芬香的苞蕾。你偷看她，十六岁那年你邂逅的，美到巅峰的，十九岁就已如老态的，玛莲娜。

你初识她，你看她，再看她，想念她，爱上她，那些混乱的白天和黑夜，夏天。炙热。是的，玛莲娜总是在夏天的小镇，漠然走过来。不论是年长的玛莲娜，还是幼小的玛莲娜。或者存在着多个玛莲娜，高贵的，矜持的，魔鬼的，裸体的，存在于无数个紧张惶然的深夜，玛莲娜老师的教诲里。

少年维利图是你的父亲，是已衰老而渐渐丑陋的男人，是那个只要迟到就会哭泣的邻家男孩。是十六岁的杜拉斯。是世上只有唯一的笔友玛丽的木偶马克思。是花和爱丽丝。是珍爱。是等待月光引力的大海。是皑皑白雪等待触摸。是你散步时的那条小路，等待挤在相片里慢慢泛黄。

你总会邂逅到你生命中的玛莲娜。这个世界上，存在着为数不多的一些玛莲娜。她们悄悄淡淡地睡莲于离你恰好的池塘里。于是这世界上的池塘很罕有。

于是这世界上的池塘便会很快干涸了。而玛莲娜教给你的，是在睡莲干涸之后，不要哭泣。

于是，少年埋藏了玛莲娜，少年成为了另一个玛莲娜。于是，你开始无法辨清，睡莲与浮萍的真假。你看着玛莲娜的故事，哭泣，因为你也曾是另一个玛莲娜。

于是，玛莲娜就这样传承下来。大海的每一次来潮，都因一个新生的玛莲娜。皑皑白雪的每一次造型，都出自不同的玛莲娜。那条散步时的小路，挤在相片里，等待泛黄的布局格调，是那个细致而长寿的玛莲娜。

于是，这世界因为有了生生不息的玛莲娜，不论是西西里的，巴黎的，东京的，还是台北的，不论你是否会为她盘起秀发、穿上嫁衣；不论你悄然入梦后，脸庞是怎样从满月成为下弦月；不论你多少次将湿了的理想拧干收藏；不论你此刻写这篇文字，窗外的印象派画展是怎样的人流熙攘……

原来，玛莲娜是孤单的。原来，玛莲娜从来就不是孤单的。你只是以为，孤单着的玛莲娜似乎更加优美。

那些玛莲娜教给我们的，为缪斯裁制好旗袍，好似睡莲蕊中淡淡的清香。

别样的晚秋

——《晚秋》

《晚秋》发生的时间，是深秋。冬天就要来了。西雅图雾气迷蒙。看电影的时候，我的手心里也潮湿了。

间或，西雅图也下着白雪。是穿上厚裙子和呢子大衣的季节。汤唯和玄彬没有化妆，两人并肩走着，还不太熟悉，只是在公车上那样偶遇，三十美元，一只手表，然后，淡淡的情绪像西雅图的雾气蔓延开来。

汤唯饰演安娜，玄彬饰演勋。

西雅图，这是一个轻巧、安静、闲适的城市。适合短暂休假，睡眠，发呆。

而在这里发生的爱情，也大多会是湿漉漉的。恋人的心房，会悄然冒出小芽，然后长出绿色的植物，长满了心事，结出蓝灰色的果子，孤独地坠落，消亡，腐烂。他们的爱情，在等待西雅图每年 55 个晴天的时间里，有些变质了，发出微微的酸气，两个人最后对视一笑，分开，然后，等待新的爱情发芽。只是，也许会有些爱情，是适合西雅图的。它们像葡萄，在水里浸泡，慢慢变成酒，酸甜是它的徽章，隆重亮相受封晚宴，倾国倾城。

安娜和勋的爱情，像一朵兀自开败在墙角的野百合，散发孤立清洌的味道。一个是杀死丈夫的犯人，一个是被人追杀的牛郎。在西雅图的街头偶然再遇后，两人相互陪伴度过了三天，三天，在母亲的葬礼后，安娜要返回监狱。勋也因为女人，被警方抓捕，再也不见。

他们还会再见吗？

开始的时候，西雅图的雾水将男人女人的心房包裹上一层保鲜膜。冻在了冬天的行走里。密不透气，漠然难受，只能等到回到家，洗完澡，换上温暖干燥的衣物，才会再次憧憬起爱情来。

解冻需要温度。故事慢慢往前发展。安娜小心翼翼，敏感谨慎，她忽闪的眼神，决绝的理智，仿佛再也不会恋爱了。但是她仍是漂亮的，绝佳的身材，正当的年纪，渴求男人的拥抱与身体。勋一贯以与女人打交道为生，懂得讨女人欢心，他的开朗热情渐渐感染了安娜。一直是行走，两人的交谈多了起来，勋参加了安娜母亲的葬礼，两人又踏上返程。

心房解冻了。冰水融化开来，滴着水，像是做了一场优雅极致的瑜伽。虽然只是轻轻地说话，一个偶尔说中文，一个说着英文。心已变得柔软。水滴不见了，心慢慢变得干燥，散发棉布的清香。安娜手中捧着热的咖啡，她和勋对视，交谈，奔跑，彼此想念，内心的慌乱，歇斯底里的哭泣，离别的亲吻，他们的爱情迷蒙温醇，他们的心房住进了太阳。

晚秋，或许适合另一个名字：别爱。

这是一场特别的爱，还是一场注定告别的爱？

一个“晚”字，无限遗憾。却仍要美美地，美美地遇见他（她），别样地遇见他（她）。最终得到一个别样的结局：在她刑满释放出狱后，他还记得西雅图的亲吻和约定吗？

“秋”，是适合一个人孤单行走在落叶大道上，黄色的树叶在脚下嘎吱嘎吱的。安娜便是这样，她的黄色风衣大气而优雅，配上烟灰色围巾，像是殷勤的随身宠物，事先就预料并尝试安慰这场冷静迷人的邂逅。

秋天，是寂静和着枯黄一起在炉子上沸腾的汤肴，说着那年的爱情，窗外的月色浓了，而身体渐渐不那么冷了。

晚来的秋天，晚秋，杀人犯和牛郎之间的爱情故事，慢慢在火上融化开了，尝了尝味道，好特别啊，你说。

谁是你今生唯一的朗读者

——《朗读者》

当我们获得生命。在母亲的子宫里安睡。或是醒来，思考这个奇奇怪怪的世界。母亲用手轻轻拍拍肚子，老爸俯身贴上来，朝我们吹口哨。他们就是我们漫长生命里最初的朗读者。我们高兴坏了，轻轻踢踢母亲身体里的这栋小房子。这语言只有母亲才能懂。母亲说，喔，你就是我的最最亲爱的朗读者。

男生给你传小纸条，上面写着喜欢你的话。夏天教室外面害羞的蝉鸣，就是你的朗读者。你的脸悄悄地发热了。红得很好看。淡淡的心跳是你的朗读者。最要好的女生和你一起吸着冰冻奶茶，羡慕地用手抚摸你漂亮的蕾丝花裙，那种衣料与手之间细细淡淡的窸窣声，是你的朗读者。长大后站在天台上面用LOMO相机拍下快要下雨前的天空，已经不再蓝。那种瞬间的“咔嚓”声，是你的朗读者。深夜看电影《朗读者》，看得泪流满面，一个人没有顾忌地啜泣起来，自己是自己特立独行的朗读者。

如果你乐观，你可以以为，上天没有剥夺你的耳朵，让你听到千奇百怪、生机勃勃的世界之声，让你有幸可以聆听艺术之音，那么你知道吗？你一辈子都被各种各样的朗读者包裹。而你，又成为一生中与你同行者的朗读者。朗读，又何止荷马与契诃夫？又何止《情人》与《雪国》？我们的一生，就是朗读和聆听的一生。

我们从来没有刻意去成为一个朗读者。就如同你不由自主地爱上一个人。莫名，我就喜欢你。在约会的第一天，那个时候你还是个穷小子。你战战兢兢，小心翼翼在路边摊买了个十元的玻璃戒指。送给她。那一天，事隔多年之后回忆起来已经记不得了。那天的天气。她穿着牛仔裤还是长裙。你牵她的手时她的手是热是凉。在哪一家咖啡厅她点的是哪种咖啡。她戴上你送的戒指时她的表情和说的话。因为事到如今你已经经历了太多的爱情。你无疑是女人中的宠儿。就像迈克。在1958年的西德，从来没有和女人在一起的青涩少年。遇上女人汉娜不是他的错。也许，在他们相遇的那个雨天，朗读就已经开始。那雨声。彼此相拥的气息。是不是朗读时平静均匀的呼吸？如果朗读声可以形成化石，那一定是一块女性的成熟的胴体。就如同汉娜的一样。

你已经人到中年，再次想起那个第一个戴起你平生第一次送的那个玻璃戒指的女孩，已经不知道她在哪里。或许已经死了。或许已经开始在心中慢慢写作她十六岁那年遇到的情人。风烛残年地终日躺着。在离开这个世界之前只回忆那枚玻璃戒指。她终日不忘的那人会是你吗？而你呢？你每逢遇到一个女人就送她戒指。却没有带来戒指能够带来的幸福。就像迈克，给了人到中年的汉娜渴望的性爱，为她朗读莱辛与茨威格。《奥德塞》与《查莱特夫人的情人》。就像你买那枚普通的玻璃戒指那样即兴与偶然。时光，那些我们拥有的昨日时光，都跑到哪里去了呢？它们被装入哪里？袋子够大么？喔，每过一天，一小时，一分钟，我们的掌纹就不一样了。我们的年轮在哪里？迈克为汉娜朗读的那些时光，下午，夜晚，傍晚，或是清晨时分，随着时光一路溅撒出来的彩色颜料慢慢干涸。

是的。你的初恋情人在快要告别这个世界之前，她心里的那个情人就是你。而你却毫不知情。她到生命最后一刻，手指上面戴着的，是那枚十六岁时的玻璃戒指。汉娜直到自我结束生命的最后一刹，四周站着来接走她的天使，天使们都朗读起迈克的朗读声。你和她约会的那一天。她记得，天气晴好，有些闷热。你穿着白衬衣和直筒的牛仔裤。白衬衣上第二颗纽扣掉了。汗水因为你的紧张浸湿了你两边的肩膀。你们选择了靠窗边的咖啡厅座位，顺手大门进来第二个座位，你因为头天肠胃不好拒绝了浓烈的咖啡。而点的是奶油热可可。就餐时你生怕冷场讲了一个冷笑话。本来不好笑的笑话她为了你的面子装作好笑笑了起来。你就真的以为自己成功了。你站在那个路边摊旁好久，想送她玻璃戒指的心思早就被她看透。可她装作不知道，看到你满头大汗浑身冒着热腾腾的青涩气息站在她面前，紧张小心地递给她那枚戒指，她装作惊喜地绽开笑靥。于是你也绽开了笑靥。像那枚戴在她无名指上的戒指在橘红色路灯下面反射出来的点点星光。

这一切，你已经忘却。

而你的忘却却是她的永恒。

我们一生都在聆听朗读。也在不断筛选朗读者。汉娜的一生里，于她最重要的朗读者就是十六岁时的迈克。他的少年稚气的男音，以及多年之后从录音机里传来的成熟男子的朗朗声。也许汉娜最留恋的，她最后筛选到的，今生唯一的朗读者，还是1958年时十六岁的迈克吧。

你的她。那个曾经让你莫名就心动的女孩，她一生中最后筛选到的朗读者，唯一放在心中和身边的，只是你偶然约她出来喝咖啡的那个下午时分。是那枚玻璃戒指，和那个她永生记住的闷热的下午。

你呢？

谁是你今生唯一的朗读者？

电影的配乐非常棒。从此喜欢上了凯特·温丝莱特。喜欢她渐入风霜的面容。她吃力地边听磁带边认字的表演异常性感。

1 BOAT. 8 DJs. NO MORALS
THE BOAT THAT ROCKED
ON AIR. OFF SHORE. OUT OF CONTROL
2009

盗梦音魂

——《海盗电台》

他们是海盗吗？他们盗取什么？他们是海盗，盗取了摇滚乐的性感，大海的滋养，女子的爱情，英国首相的臭脸，他们还盗取了电台听众们的梦乡。香槟酒的冰凉。睡衣前襟上洇开的泪花。一种静观流逝而去的姿态——生命在聆听中静静流逝。好像观看小蚂蚁慢慢地细细地小步子。没有声音。是的，除了摇滚乐之外一种很诡异的音响。好像沙沙作响。是小虫子在啃咬梧桐树叶。是蚕吐丝，慢慢包裹成茧的细密。是一切你不知道的秘密的进行。光天化日的，或是阴暗的。电台比电视更具有懂得城府的含蓄与隐藏。好像性爱中深藏不露的挑逗。于是，电台与海盗的组合，比电视与海盗的组合，来得容易让人血脉贲张。

男人若为海盗，想来是有些沧桑魅力的。女人都爱海盗。只是她们不说。在 1967 年，摇滚音乐让每个本来骄傲脆弱的男孩成为了海盗。他们本来皮肤白皙，喜欢喝咖啡时用蓝色的眼睛注视约会的女孩。穿呢子大衣脖上围着文艺气息的长围巾，变成了穿着黑色钉钻皮夹克，和高统皮靴。他们成为了胡子拉碴的男人。肥胖。狡黠。却更为圆熟。他们过早地变成了新鲜出炉的甜点。摇滚乐加速了他们的成长。于是，我们失去了迷恋岩井俊二式青春电影的机会。谁也不知道海盗船长杰克之前有过那么浪漫的剪刀手生涯。

这就是一群熟男海盗。他们像所有海盗那样长相奇怪，表情乖张。穿着嬉皮。这是 1967 年。英国。

1967年的海盗因为摇滚乐而变身为英国青年们的大众情人。谁都可以是海盗。滚石乐队是。披头士是。老鹰乐队是。大门乐队是。等等。现在依然有海盗。中国也有海盗。何止摇滚乐？电影、文学、诗歌。那些曾经处于地下状态的电影导演、诗人。每一部秘密流传的地下电影，《今天》诗刊。这些是另一种口味独特的电台情歌。

那些1967年的海盗们，现在去了哪里？我们的世界再也不见了海盗们。不见了塞纳河畔忧郁的蓝眼睛。不见了背着画夹享受五月风暴、女式香烟、手风琴与吉他、黑色中分长发与近视眼镜的米娜。行走在1968年的巴黎。我一度觉得我就是米娜。这部我看过最多的电影《米娜的故事》。我们有着相同的黑发。我一度愿意将它留成米娜。穿粗针织的咖啡彩色毛衣，让黑发披散下来的时候一部分粘在毛衣上面。白皙的纤细的骨感的指头夹住香烟。脸红了。因为那个褐色长发的帅气男子在一直注视着。在气氛艺术的小小咖啡馆里。他说，你愿意和我喝杯咖啡么？然后，在喝咖啡时还是一直看着她。她喜欢他，不知所措。脸红了。

米娜，我心疼的米娜，我心疼我自己。她会在夜里，嗅着画布的味道，收听海盗电台么？将时钟往前拨6个小时，在中国，20岁的母亲与父亲已经在鸡鸣中出了工棚，在午饭之前背诵一遍毛主席语录。父亲悄悄写下《茅棚诗篇》。母亲与父亲相爱了。不敢牵手，一前一后默默走在乡村的田埂上。看彼此茅屋的炊烟，相互缠绕。这是他们初次的亲密接触。呵，见不到面的时候，相互写信传情。然后，父亲偷偷向母亲介绍《红楼梦》。《悲惨世界》。《牛虻》。

那些用煤油点亮茅棚与心灵的夜里，在父亲与母亲心中，那些情书、那些包着书皮被禁的《红楼梦》们，那些棚外弥漫着的粪香，晕在地面上淡淡轻巧的下弦月光，胸腔里跳动着的力量而生命的灼热。那些一度如玫瑰般盛开的黑发，一度轻健饱满的躯体。这些是属于他们的电台之声。属于他俩的海盗电台。

今天，却再也寻找不到属于我们自己的海盗电台。我们时而嬉皮，时而雅皮，时而中山装，时而文艺青年。没有这样的海盗了。再也没有了。海盗就是海盗。单纯而原则。圆滑的人做不成海盗。聪明的人做不成海盗。惧怕大海的人做不成海盗。

今天，各类摇滚音乐可以在网络上自由下载，爱情可以在 MSN 上自由抒发，情书变成了整齐划一的宋体字号。网络变成了一种新式海盗。可我们仍然想念 1967 年的海盗们。那些长相奇怪、表情乖张、穿着嬉皮的男人们。肥胖。狡黠。胡子拉碴。

电影的故事很简单。可它就得简简单单的。一如单纯的、可亲可爱的海盗们。1967 年的，伟大的海盗电台。

蓝

《荒岛·爱》

这个世界人类众多。我们天天身处人群。

可是，在一些时候，我们却常常身处一座荒岛。我们无法选择死亡，有时只能选择继续生活下去。我们行走在大街上，木然地待在地铁里，违心地挤出笑脸，孤独地消磨心事，还得和别人比来比去，可怜地独步在成功的道路上，一辈子磨难屈辱。死去的时候，少数的家人和更为少数的朋友来送别你，更为年轻的人类和这个世界仍在欢声笑语，你像从来没有来过这个世界上一样地从容淡泊，或许，应该祝福你在另一个幽灵的世界里，有另一个幽灵和你做伴，就像你在地球上渴望的那样。你挪出你的荒岛，另一个人出生了，登陆上岸，然后重复你的一生，荒岛在海面上漂流，寻找气质土壤相近的荒岛，幸运的话，它们会长成一片陆地，是一片更大的荒岛，就像浩渺的宇宙，星星与星星相邻，但它得坚守自己的轨道，安静得不想说话。其实说起来，地球上的破事儿就那么多，但生命仍乐此不疲地争相来到世上，愚蠢而可爱地体验单调险恶的人生，在死前说一句相同的人生哲理，觉得这世界是那么美好和不美好，尴尬地闭上眼睛。

这座荒岛丛林遍布，它不大，但你足够安全。你习惯将自己埋进沙堆里，或者插一个稻草人和它说话。你孤独但你觉得这个荒岛也还不错，因为你至少还拥有一座荒岛，你还能渴望邂逅另一座荒岛，因为你的思想和你的落寞正被这个伟大的宇宙记住。你是可爱的诗人，抑或平凡的电影导演，你渴望发明新的艺术，来表达你内心的骚乱和不安。你就是大艺术家，因为你将你在荒岛上的日夜舞蹈成了一种奇异怪诞的几何图案，爱你的人依靠它的牵引来到你的身边，在那些爱还未来到的日子里，你用你的孤寂和空白制造了一次分娩，出生了一个更为焦虑和敏感的你。

有时候，我们看得见荒岛之外不远处的城市。那儿高楼林立，像放肆骄傲的怪物，你鄙视它但又愿意和它做朋友。你很痛苦。为什么这个世界上只有荒岛和楼林这两种选择？世界成了一个巨大的游泳俱乐部。有些人溺水，有些人套着游泳圈在水里沉浮，有些人勇猛，是游泳健将，但染上了皮肤病，有些人拒绝参加，只有上帝是救生员，工作忙碌，但他中午打盹的工夫，还是有人遇水而去，他对此耸耸肩膀，说声阿门便了。于是他不时在话筒里向人们广播：请大家减少在俱乐部逗留的时间，常回家看看吧。于是这个世界慢慢安静下来，人们待在荒岛上，哪里也不去，上帝没了工作，总要干点什么，于是他开始引逗人们离开荒岛，奔向另一个荒岛，这样这个世界才有趣些。

于是，上帝发明了漂流瓶。这天，他让独居在家的女孩在望远镜里邂逅了荒岛上的男人，男人孤独无助，自杀没有成功，只得在荒岛上安心独自生活。他渐渐习惯了荒岛上的生活，开始悠然自得。女孩在家独居了三年，她的额头上有一块疤，只能在网络的世界里生活，幻想自己换上别的美女的面容，穿上漂亮衣服，走在大街上。她在望远镜里发现了这个男人，将他当作自己的精神寄托和朋友，决定接近他。一天夜里，她来到城市河流的桥上，抛出了一个漂流瓶，里面有一张纸条，上面只有一个单词：Hello。男人拾到了它，他回应女孩，在沙滩上画出了一行字：Fine, thank you，and you？女孩继续投下漂流瓶，开始和男人对话交流，漂流瓶是一个气温恒定的玻璃容器，它像妈妈的针线，将她的荒岛和他的荒岛缝合起来，成为了相亲相爱的白棉布裙子，旗帜飘扬在大海的中心，像加勒比海盗那样意气风发。

你也可以成为女孩，有时，只需要你的一个手势。

请你将荒岛打扫打扫，喷上香水，化个淡妆，有空做做瑜伽，你的生命开始像皱纹荡漾的苹果皮那样重新冒芽，吐露蓓蕾，果实在阳光下微微震颤，像处女熟睡时脉搏的运动，然后恋爱，羞红了脸庞，结婚，进入果篮中，被切割，吞咽，消化，它的核被随意丢弃在土壤里，像个战士那样为国家开创一个时代，直至苹果树遍布地球，像玫瑰一样不可或缺。

于是，荒岛成为了花园。阳光将花朵的骨骼投射到你窗前的蕾丝上，像一出皮影戏。你开门迎客，招呼客人免费观看，你按照客人的要求剪裁花枝，导演出一幕幕悲喜剧。玫瑰扮演富家小姐，多情而早逝。水仙是小家碧玉，执拗而多难。月季是贤惠的妻子，淡雅迷人。蔷薇幼年家亡，一个人拼搏在世上，越活越倜傥……

来的客人多了，其中不乏爱慕者。他们，有的是你的帽子，有的，只是早餐的全麦面包，有的，是一张创可贴，有的，是你的沐浴液。有的，是一张大床，上面胡乱摆满了东西，那些床单上的折皱，绘制出了一幅迷你的世界地图，而你，不再是一座荒岛，而是一整片明亮的蔚蓝。

黑蝶漫舞

——《黑蝶漫舞》

看完电影，我的眼前全是她们。

她们早慧。她们安静。她们古怪。她们单纯。她们复杂。她们脆弱。她们幸福。她们不幸。她们美丽。她们浓烈。她们孤单。她们高贵。她们卑下。她们勇敢。她们胆怯。她们绚烂。她们是一粒华美的玛瑙，镶嵌在地球这个女人帽檐的中心，好似窈窕淑女。她们同时又是一棵杂草，生长在街心花园的边沿，受尽俗艳花朵的嘲弄，坚强地生长。她们还是一种香，让男人忍不住亲吻。香也只是香，快速挥发干净后，一切不再。

她们不可言说。

她们是女人中的优秀者。

她们是女艺术家。

一如南非女诗人英格丽·琼蔻。

南非女诗人英格丽·琼蔻离开这个世界，只有32岁。

她跳进了大海，死在了大海的缱绻里。一如她在电影《黑蝶漫舞》里的开场，和她的情人杰克在大海边相遇。

她是浪漫而绝决的，她如一只黑蝶，在短暂的一生中，独自漫舞在南非的土地上，成为一个精灵。

1994年，南非总统曼德拉在出狱后，在就职典礼的演说里，朗诵了她的诗篇《一个在加彭被士兵射杀的孩子》，英格丽·琼蔻因此而闻名全球。那一年，她离开世界三十年了。

“那孩子没死
他对着呐喊非洲的母亲挥拳相向
那孩子没死
没死在兰加
也没死在尼杨加
没死在奥兰多
也没死在夏普威尔
更没死在腓力比的警察局
即使他头中枪、躺在地上
那孩子只想在尼杨加艳阳下玩耍
那孩子本该茁壮成人，踏遍全非洲
那孩子可以长大，旅程环游全天下
毋须任何通行证”

英格丽·琼蔻反对当时的种族隔离政策，为此，她和丈夫离婚，和父亲决裂。在片中，她和情人杰克去看一个朋友，在街头目睹了警察枪杀黑人小孩，为此，她写下了这首诗。

《黑蝶漫舞》的故事发生在1960年。英格丽一生坎坷。童年凄惨，长大后成为了一名女诗人，她的父亲因与她对创作的表达观念分歧巨大，终生形同陌人。与丈夫离婚后，她爱上了小说家杰克，但她亦与其他男性保持暧昧关系，这让杰克选择离开。最终，爱情的失败让她崩溃。她患上了精神病。她的身边没有爱了，只剩下艺术。孤独地将诗行涂抹在墙壁上，她一无所有。当一个女人只能和艺术相偎取暖时，这样的艺术只会加速她的死亡。

该片是女导演宝拉·凡·德·奥斯特的最新电影。她的电影曾入围奥斯卡最佳外语片。她是荷兰人。细细品来，这部电影在底子上，似有一丝不易察觉的女性的细腻和忧郁。我甚至能看到，在片场，女导演看着监视器里画面的眼睛微微湿了。

片中最有魅力的，还是那个真实的女诗人英格丽。而不是女演员卡里斯·范·侯登饰演的那个角色。两者是游离的。演员的表演没有打动我。只是在片中旁白起女诗人的诗句时，我才意识到，哦，这个女人饰演的，就是那个诗人。看完电影后，我有了渴望，渴望看到真实的英格丽，她像一块松软香甜的全麦面包一样诱惑着我的胃和大脑。和电影无关。

我想，演员卡里斯·范·侯登有多少了解那个真实的，撕裂的，纠结的，抑郁的，才华的女诗人英格丽呢？她去世已经四十年，有关她的一切似乎只能到上帝的旧日记里，才能明了。或许，她们的头发的颜色都是不同的。片中英格丽的造型，中庸而草率，红色的微曲的卷发，中等身材，衬上她那张不算漂亮的脸，的确符合 20 世纪六十年代一个中年的，焦虑的，思考种族隔离问题的女知识分子形象。似乎女作家永远都成不了美女。《时时刻刻》中的伍尔芙，非得在演员妮可脸上戴个假鼻子。《萨冈》里，饰演作家萨冈的演员，是个中性气质脸上长着小雀斑的女子。甚至，片中英格丽的情人杰克和她的父亲，我猜想，这两位男演员的模样和气质中规中矩，很安全，很保险，似乎也是导演折中想象的结果。

虽然女诗人英格丽·琼蔻的一生很传奇很有意义，还被曼德拉所欣赏，但电影整体比较平庸。电影似乎只擅长展现诗人的日常生活，但对于诗人的精神世界，用镜头语言如何表达？电影里，镜头只是单调地来回拍摄下写在墙壁或者玻璃上的诗行，从左到右，又从右到左，继而从上而下。以此来表示诗人的诗情画意。笨拙如操持家庭 DVD 拍摄孩子满月酒聚会的录像带。

电影平静地描写了女诗人一生中关键而重要的经历。镜头组合很冷静，没有过多的评论和象征，甚至，电影中连一只黑色的蝴蝶也没有出现。《黑蝶漫舞》是女诗人最负盛名的诗集名称，而在片中，只出现了她获得文坛新锐奖的诗集《烟与黄土》。

或许，电影表达的，只是女导演奥斯特坐在摇椅上，翻着女诗人的诗集，渐渐就快要睡着了，在朦胧中，瞬间拼凑起来的一个自我的诗人形象。

她会在梦中遇到她吗？

请相信，当一个女孩坚韧地用艺术一边擦掉眼泪，一边微笑时，她一定是可爱的。

如果你认识一位这样的女孩，请善待她。她高傲而任性，她时而热情时而冷漠，她天真但又狡诈，她笨拙但又敏捷，脆弱但又坚强。请善待她。

如果你认识一位这样的女孩，请好好爱她。如果你曾爱上她的话。因为她也深深地爱着你，像女儿一样依恋着你，渴望对你诉说她所有的苦难和幸福。你不用花费金钱讨她欢心，只需要一间房子，一张沙发，一个唱片机，茶几上摆上两杯热茶，一盒纸巾，房间还需要一扇窗户，垂挂着白色的蕾丝窗帘，还有一张单人床，是属于她的。你只需握着她的手，注视着她，见证一个精灵的落寞和独白。此刻，你是幸运的，因为你正在雕塑一件艺术品，她是一件会活动的艺术，只是比较脆弱，容易损坏，你的工作是复原她的美丽，照亮这个丑陋的世界，发出一种宣言，一朵奇葩正要绽放。

被荒野感动

——《荒野生存》

男子是络腮胡子。棕褐色头发。脸上被沾上了泥土。或是干净清爽的样子。浅蓝色目光灼灼。浪子的优雅气质。他脚蹬黄色的皮靴。身上总是会有好看的衣服。他的皮带被新打了一个又一个洞。也许他身上的汗渍也很好闻。因为他总是那样漂亮地出现在镜头里。是的。他是个可以认可的男子。是个好男孩。在这座无聊的城市里和在开朗野性的荒野里都是。他将他二十三岁的英俊容颜永恒在了那张坐在魔力巴士前开心释然的微笑着的自拍照片里。可爱的人死去，总是一件让人伤怀的事情。不然我不会在看完电影之后哭泣起来。

坏小子西恩·潘的电影，看完让人以为是一个正襟危坐的老实人导演出来的。是那样的正直阳光的男孩。那些阿拉斯加的阳光，庞大的棕熊，雕刻时光的皮革，嬉皮士友人，长腿的长发少女，甚至影片里乐观激昂的乡村音乐，都是这部电影令人关注并牢记的独特之处。

电影为我们提出了一个问题。生命的质量和厚度如何衡量。是的，不同的人对生命的要求组成了这个星球上的灿烂。我想，为什么就不能歌颂平常人家的平淡与静默？如果这个世界被重新组合，人人都想要去荒野生存呢。可是是不是因为世界的单调，才有了这样一部教人伤心而尊敬的电影。

克里斯只是个普通的男孩。他只是要挑战。可是，我们每个人心里是否都是一个克里斯。高考，面试，下岗，结婚，地震，孤独，病痛，衰老，饥饿。甚至每一天，你都是在挑战幸福和不幸的较量。直到夜深人静，你年纪老去，才有资格评判你的成功与失败。那些看不见的荒野，大河，寒冷，美丽，在你我心中，都化为每一个微小的幸福感。

今天的皮肤很好，今天的公共汽车上人好少，今天多云，天很蓝，拍下了照片，今天不热，不开电扇也很棒，今晚有欧洲杯，可以享受到半夜都不睡。周围都是黑的。今天翻找以前的旧书，发现了在扉页上当时写下的话。那是 1998 年的大学时光，在大学课堂上悄悄写下的。卡夫卡。床单被晒在楼顶，你下午五点去收的时候发现太阳变成了一颗口香糖大小的果粒，红霞布满天边，像你面对男孩害羞的脸。

城市也是另一座荒野。你要擅于攀岩与躲藏。这与克里斯爬上山顶看到的风景是一样的。克里斯看到的美丽，只是另一座城市。是的，城市，是生命，是美丽的植物、奔跑的动物的城市。同时，阿拉斯加也是荒野。城市也是荒野。一座吵闹而安全的荒野。城市人的心中，荒芜比阿拉斯加更加凄凉。

相反，克里斯是个幸运儿。他虽然早早年纪就死了。可是他看到的热闹与精彩已足够他在天国反复咀嚼。太好了。地球上还有阿拉斯加。还有那样汹涌雄性的河流。还可以焚烧美元，吃到野味的食物。他像个星外来客一样闯入那荒野。就像从一个星球来到另一个星球。

克里斯为我们作出了表率，那样的荒野也是如此可爱。庆幸，你的一生可以死在那样干净的不曾被人践踏过的莽莽草原与高山下，而不是一座古怪而冷漠的城市医院。你的身上被插满了管子。那种模样也太孬了，你一个人静悄悄死在这宽广的世界里，没有哭泣，只有虫子的低鸣。生命接纳了另一个生命。死亡选择了死亡。这世界从来就是这样安安静静的。荒野生存，才是一种正常的星球。优雅的迈步，从容的呼吸，骄傲的生命。这地球从来都是如此。人类文明的背后，是对这野性勃勃、干净高贵的天赐星球的破坏性解读。人类其实已经不需要一座漂亮的地球了。他们只需要一张麻将桌，将垃圾堆放在城市的角落，像一只小蛆虫那样粗鲁睡去。他们不再仰望天空，只是在飞机飞过头顶的时候看看热闹。他们将克里斯这样的人视为异类与蠢蛋。他们其实从来就没有得到过文明。他们从来都不知道如何关爱他人与自身。不懂礼貌为何。城市里一无所有，所以克里斯才会要逃避。他褪去了现代文明的死皮，努力要找寻真正的快乐。他似乎尝到了快乐的甜，没有人真正能理解他的快感，电影丰富地为我们展现了他独一无二的超级浪人时光。电影成功地表达出了克里斯独特的生存思考与方式，并不是烂片。是今年以来看到的让人感动和思索的片子。至少，要比那部傻乎乎的《我不在那儿》要好看。

芭比的诱惑

——《芭比》

亲爱的顺子：

妹妹，我亲爱的妹妹，你在美国还好么？

你是不是变得和芭比一样漂亮了？你留下的芭比娃娃，我每天给她梳头，洗澡，换衣服，现在，我也爱上了芭比娃娃。我看到她们，就想起了你。

我上次给你写的信，你没有回。现在，你在做什么呢？你在第一封信里告诉我，史蒂夫先生对你很好，两个姐姐苏和芭比也对你很好。你有自己的小房间，并且，你得到了更多的芭比娃娃。我想，那些娃娃肯定比家里的娃娃更漂亮吧。我真开心。顺子，我想你了。

你想我吗？

爸爸很想你。他现在每天都会看你的照片。他变瘦了。更爱哭了。他总说，我的顺子去美国受苦了。我想，如果他是正常人就会知道你现在有多么幸福。我会念你的来信给他听。他很入神，我想，爸爸一定听懂了。

我现在每天努力做手机挂饰，我会到城郊卖掉它。鞋子磨坏了。叔叔说再给我买一双。现在快冬天了，我没有钱买新袜子，脚后跟冻得红红的。但是当我卖掉一条手机链，我就很开心，我说过，我要赚大钱，坐飞机去美国看你。

每天晚上一个人睡觉时，我就会想象美国是什么样子。房子会有多大呢？里面，有多漂亮？是不是挂满了花儿，会有壁炉吧。还会有真正的烤火腿，对了，我还没有喝过咖啡，你喝过了吗？是不是很甜？

芭比姐姐也在和我通信。她人很好。你可以和她做好朋友。我不在你身边，你就多和芭比姐姐在一起，她人很好，她会帮你的。

不知为什么，芭比来信时，总是会说很多的 Sorry。并且，她还悄悄寄钱给我。你替我谢谢她。钱我没用，我存起来了，想要尽快去美国看你。

你在美国要好好读书。要听史蒂夫先生的话。他领养了你，是我们的恩人。你不要任性，学会自己洗衣服，洗碗。在美国不比在家，养父毕竟是养父，你也要学会自己照顾自己。姐姐在你身边就好了。

冬天来了，史蒂夫先生给你买冬衣了吗？要多穿点，不要因为臭美就不穿衣服，生病了就不美了喔。

叔叔买给我们的手机，我平时没用，打给你要花很多钱，我存起来了。我们还是写信吧。这样可以说好多话喔。

爸爸又在哭了，我现在得热点面条给他吃。他吃饱了就不哭了。

你要多来信喔，我念给爸爸听他就会开心点。

晚安。

爱你的姐姐：顺英

亲爱的姐姐：

芭比姐姐昨天带我去了超市，给我买了新的芭比娃娃。它们比家里的娃娃都更加漂亮。姐姐，你说我什么时候可以和她们一样漂亮啊？

姐姐，美国可好了。我们住在大别墅里。我们家里有两辆车。家门前有大花园，里面还有秋千。家里养了三条狗，还有六只兔子。有黑的有白的。我给它们都起了名字，里面还有一只是你的名字呢，呵呵。那只兔子最漂亮了，全身是白的，鼻子和尾巴上是黑的，我每天叫它顺英顺英。姐我想你了。

美国可好了。很奇怪，我一点也不想家。我在这里每天都快快乐乐的。这里比韩国好多了。我再也不想回到家里那个破地方，爸爸每天都脏兮兮的，和他说话也听不懂，叔叔也很凶，他每天只会叫你做事，姐姐，等我赚钱了就接你来美国好吧？

对了，姐，你不用给我寄衣服过来了。史蒂夫先生和芭比姐姐给我买了好多新衣服，这些衣服太漂亮了，在韩国从来没见过，姐我寄几件给你穿吧，你穿上也好看。

姐我有件事可苦恼了。我长胖了。我快和芭比姐姐一样了。可我只有七岁，芭比娃娃里可不许有胖子，因为史蒂夫先生对我太好，美国有好多好吃的东西，史蒂夫先生还会晚上做夜宵，他总会问我饿不饿，他人真好，他比爸爸对我都好，我真喜欢他。

芭比姐姐也不错。我每天和她一起坐车上学，她功课很好，我不会做的作业都问她，她总是耐心为我讲解，我很喜欢她，只是她很少笑。我觉得她有时对我很好，有时爱发呆，我想，她是不是在想她的男朋友，哈哈。

对了，我喝过咖啡，味道太苦了。我一点也不喜欢。姐你也别喝了，但芭比姐姐和史蒂夫先生都爱喝咖啡，美国人都爱喝它，我不知道为什么，我试着在里面加很多糖，还是不好喝，但是我爱喝可乐，我也在学着吃牛排，刀叉老是不会用，有时我也会想念韩国的烤肉和你做的菜，但我不敢说，那样他们会不高兴的。

对了，芭比姐姐的妹妹叫苏，她比芭比姐姐要瘦，她也不爱笑，老是咳嗽，总爱关起门来看书，她好像不用上学，每星期有老师上门来为她上课，她真幸福。

姐，我有时还会想起你和爸爸。有时候，我总是一个人待在房间，他们很少来我的房间，有时候很孤单。我英文不好，还没交到朋友，芭比姐姐好像很忙。史蒂夫先生说，外面有好多坏人，最好不要出门。有一次我偷偷出门玩，被他发现，他样子好凶，我再也不敢出门了。这时候我就想起你和爸爸。想起海边，回家多晚爸爸也不会生气。

姐，你什么时候来美国看我啊？你也来美国好不好。我们一起玩，我改天和史蒂夫先生说说，让他同意你也来美国吧。

今天是星期天，一会儿史蒂夫先生会带我们去教堂。史蒂夫先生说，好好祈祷将来就可以上天堂，姐姐，你也祈祷吧，天堂一定比美国更漂亮。

今天写到这里了。我要去换衣服了。下次我给你打电话吧。

爱你的顺子

顺子的叔叔：

你好。顺子在美国一切都好。上周给她做了体检，一切正常。余下的钱我会尽快汇给你。顺子给苏换心脏的手术安排在下个月。我会尽量让顺子不要害怕，我告诉她这是一次整形手术，会让她变得像芭比娃娃一样漂亮。

手术成功之后我会汇给你一笔钱。这次交易很成功，我给你的钱你可以和你的家人再买一幢房子。我们谁也不欠谁。

祝好运。

史蒂夫先生

巴黎小姐的午夜

——《午夜巴黎》

巴黎是这样一座城市：在我们童年时起，它就在那里。像高大贤淑的新娘。永远被小女孩仰视。它被唇膏涂抹，城市热辣性感，风里满是飞吻，像天真开朗的白鸽，飞得自负而优雅。你迎着风站立，脸一会儿就被唇印覆盖了，硬汉就此也变成淑女，扭捏地行走在大道上。巴黎是红酒，不是香槟；是长裙，丝绸质地，不是麻质；是中度高跟鞋，质量上乘，连续穿了两年，脚后跟磨损去了零点五厘米，因为又购进其他的巴黎，被束之高阁。

是的，在所有人的童年时分，巴黎就已在那里。她像是高龄剩女，也是才女，甚少有男子配得上，或许，到目前为止，缘分还没到吧。她也心高气傲，永远乐此不疲地化妆，派对。有时也看书，当然是杜拉斯或者普鲁斯特。她极会保养，当巴黎下着小雨，就仿如她清晨刚洗完了脸，在用手往脸上拍打爽肤水，那样脸蛋显得润泽甘甜，更美了。

巴黎这个名字也是绝版的。巴，黎，从没人这样组合过。“巴”，读起来很大方，不做作，中性的感觉，像男孩，也有点中东。“黎”，像是上流世界女孩的名字，不俗，有点骄傲，自视甚高，但也懂得人情世故，懂得分寸的。“巴黎”，确是欧洲范儿的样子，不过，咀嚼得多了，也有些甜腻，像是晕车的感觉——香气过甚了。

巴黎若是一张脸，绝不是圆形或是三角形，倒会有点方，线条简单清纯，不是刚毅的硬化，倒是哪种角度都有过渡。方形巴黎也是慢慢进化来的，从前是椭圆，那时，巴黎未必是宠儿，形态也有些过剩，不懂经营，有些婴儿肥；进而是圆脸，那是一些女人成长必需的磨难和历练。战争，变革，思索，重生，一轮又一轮的低潮，革新，颠覆，脸形渐渐变化，皮肤倒是越来越好，百毒不侵，不长痘痘也不再轻易胖瘦。

在巴黎，埃菲尔铁塔或许是个俗物，大量观光客涌到那里，长年累月，巴黎禁不住也有些头晕，用手扇了扇鼻子，人太多，多少有些异味，这不好。巴黎这样的女子，朋友应该是适量的。不能太少，也不能太多。她或许有些宅，狗仔队偶尔偷拍到她出门，也许是素颜牛仔裤。但在午夜，巴黎小姐总会盛装出现在各种艺术派对和咖啡馆，行踪莫测。她坐着那辆神秘的黑色轿车，穿行在午夜街头，招揽一些陌生游客，坐上她的车，喝着酒，认识了解巴黎。之后，也许彼此成为朋友。

当然，在这些陌生人里，巴黎小姐没想到，有一位来自美国的导演，名叫伍迪·艾伦，他是个瘦小精干的艺术家，一个絮絮叨叨的老头子，是巴黎小姐的崇拜者，熟知关于她的每一个传说，当然，他爱她。他在某一天的午夜，坐上了巴黎小姐的黑色轿车，接过巴黎小姐递过来的香槟，他的手与巴黎小姐的手还碰触了那么几下，他心跳加速，羞红了脸，身体轻微发抖，以至于不知和巴黎小姐说些什么才好，下车时，他和巴黎小姐对视了一眼，巴黎小姐的眼睛在路灯的映衬下，闪闪发亮，像一颗蓝紫色的玛瑙。伍迪·艾伦自此想要拍摄一部关于巴黎小姐的电影。他留恋那天的午夜，他有些醉了，巴黎街头清丽而醇香，他迷路了，远远有一辆黑色轿车驶来，车上的人们对他说，来吧，上车来。轿车将他带到一家酒吧，他竟然遇到了海明威、毕加索、达利·菲茨杰拉德。他和他们交谈。还遇到了一个女子，和她谈起了恋爱。

这一切都发生在那个午夜，他试图让他人相信这样的遭遇是真的，但别人都认为他的脑袋有毛病。此后，伍迪·艾伦在巴黎再也没坐过那辆黑色轿车，他将这一绝版的经历拍摄了下来，他就是片中男主角。他在片场又重温了那个温暖的午夜时光。他知道，美丽与永恒，有时只会发生在某个午夜。属于巴黎小姐的午夜。

美丽如老猫

——《老猫》

也许，任何女人，都会是某一只猫吧。她们诡计多变。心深似海。绿色的眼睛在夜晚鬼影闪亮。同时，又小气而自私。臭美又懒散。

老了的女人也是一只猫。这样的猫，和狗可以和谐相处。男人似狗。思维单一而固执。老了的猫和老了的狗是可以相互做伴的。就像电影里的伊西朵拉和恩里克。这样的老妇人，身材不高，胖胖的，一头金色短发，犹如一只老了的猫。

这只猫，花色皮毛，有些偏黑。左前腿有些疲了。走不快。身形庞大。近来只是窝在沙发上晒太阳。对他人漠不关心。只是还会看着电视里的悲情节目流下泪来。那绿色的，已稍显混浊的眼睛。它记得它曾经也是一只漂亮的小猫，风情万种，奔放潇洒。每天楼下好多只狗儿对它发情。

伊西朵拉觉得她就是一只老猫。她养了两只猫。和丈夫恩里克平静地生活着。每天，她都记得要买猫粮。她不记得的时候，就会提醒恩里克去买。她老了。她不知道一只猫老去了是否拥有如她般的容颜。她还是仔细地画上眼线，涂上口红。穿上黑色皮鞋。不忘整理好黑色项链和黑色耳钉。她出门，下楼去买猫粮。结果发现电梯坏了。

伊西朵拉和丈夫住在十楼。她无法下楼到街道上去。她像一只病怏怏的猫。别的人毫不稀罕的猫。老猫。不再是宠物。不再是小女孩的玩偶。甚至也不及一只老狗。只是她觉得年轻貌美都已无所谓。就像她尽力不让自己觉得自己孤单。她是一只货真价实的老猫。

她，确实老了。

伊西朵拉这只老猫和丈夫生活得平静而自得。只是，偶尔也会有访客。猫咪就是猫咪。身边有了一个伴就足矣。它们只想独自待着。有一间房间，一个阳光充足的窗台，一张柔软的沙发，一张盘子，一碗牛奶，就够了。

伊西朵拉年纪大了。她珍惜和恩里克以及猫咪们在一起的时光。她甚至有点老年痴呆。她行动缓慢。走路颤颤巍巍的。她走路的时候，十根手指叉得很开。嘴巴不自然地蠕动着。她容易被冲击力强的事物吸引。比如浴室里喷涌而出的水流，以及阳台对面公园里在练习舞蹈的人扮蜜蜂。

她有一个儿子和一个女儿。只是他们都像另外的猫儿一样，离开她生活，就像陌生人一样。这天，女儿罗萨里奥打来电话。说她和她和同性女友雨果会来看她和恩里克。恩里克是她的继父。她称呼他为老家伙。接到电话后伊西朵拉不太开心。她只是要恩里克看看家里还有没有猫粮。然后她开始给猫咪们刷毛。

然后，她出门，发现电梯坏了。

她被困在家里，这幢临街的公寓里。这个十层楼高的岛屿上。这几乎也是一只老猫的命运。它不再受到宠爱。她被隔离在人类的世界之外。流浪。

伊西朵拉这只猫老了。她被这个世界遗弃了。世界上每个老妇人都是一只老猫。她们是地球的南极或北极。被这个年轻的世界忘了。

伊西朵拉有个深爱她的丈夫，恩里克。还有两只肥硕可爱的猫。女儿罗萨里奥的来访打破了这天的宁静。

罗萨里奥高大，健硕。她年轻时是一个出色的演员。现在的她则是个性格暴躁强势的中年女人。她是拉拉。女友雨果也体格健壮。她们刚从秘鲁旅行回来，带来了一大袋子药物香皂。当然，她不仅仅是想将这些香皂展示给她的母亲。她还带来了一份文件。她长着鹰钩鼻子，目光锐利。说话斩钉截铁。她反复说，小的时候，母亲没有给予她更多的爱。她对于伊西朵拉来说，只是一个陌生人。

文件里，罗萨里奥要母亲将这幢公寓转到她的名下。她要继承这幢公寓。她开始考虑母亲死后的打算。而忽视了母亲的老伴，恩里克。

罗萨里奥这天来的目的，是要让母亲在文件上签字。她一进门，就大声嚷嚷让母亲将两只猫赶走。她对猫过敏。恩里克皱皱眉头。他无可奈何。

伊西朵拉安静地坐在沙发上。很少说话。她神态凝肃。她对于女儿的来访不置可否。她还是准备了女儿爱吃的点心。在桌子上。

电梯坏了。她和女儿的关系也是坏的。她感到很沮丧。这是她的女儿。但她和她就像陌生人一样。

罗萨里奥和恩里克发生了冲突。恩里克发现罗在吸毒。他怒斥了罗的冷血。母亲已经年老体弱，她还要想尽一切拿走她的钱和房子。罗指责恩里克不是她的父亲，让他少管闲事。

每一只老猫都免不了被人欺负。老去，是不是也是一种美好。或者，不幸。老去是一种美感。底子里是激烈。外壳是内敛。皱纹也是一种时髦的美态。行动迟缓也是一种性感。它们诠释的含义是：我失去了世界，但我拥有了童真。

所以，每一只老猫都是可敬的。它们比小猫更懂得撒娇，它们比小猫更需要温柔抚摸。它们已经告别了这个世界。所以它们更加强烈地需要这个世界。

伊西朵拉很无助。这个女人要拿走她的房子。但她是她的女儿。她想要和她谈谈。她让恩里克和雨果下楼买点东西，她煮了一壶茶，想要和女儿谈谈。

不久，她们又争吵起来。伊西朵拉撕掉了那份文件。罗萨里奥扇了母亲一个耳光。她跑下楼去。

伊西朵拉哭了。她慢慢地，慢慢地走出家门，想要去寻找女儿。她已经不能下楼梯。她的双脚可怜地颤抖。艰难地，一步一步地挪着。

她想去寻找女儿。

那个不懂事的女儿。

生命已不重要。

她来到街上。女儿赌气又跑上了楼。恩里克和雨果回家，着急地和罗萨里奥一起外出寻找她。

她来到公园。她被那只装扮成蜜蜂的年轻男子吸引。她盯着他，他的翅膀，他的斑点，他的茸毛。

阳光下，她是一只突兀的老猫。没有人看她。而她曾经是一只漂亮的猫。

她走进水池。她承受着水流从上而下的冲击。她咧开嘴笑了。像一只初生的猫。以为这个世界是一个天堂。

伊西朵拉和女儿和解了。女儿在水池旁找到了她。

她同意签字。

她是一只老猫。但她仍然是一位母亲。

这个关于老猫的故事并不突兀。它记述了女人。记述了母亲。记述了母亲与女儿。同时，它再现了这个世界，如此宽容而单调。

城市·心事独白

——《在人海中遇见你》

（一）

城市。房子。

如果你生活在一座城市，那么你的生命游戏就是不断地钻进一所房子，出来，再钻进另一所房子。世界上最迷你的房子是你的衣服。有时，帽子是屋顶。有时，头发又是最浪漫的天花板。你乐此不疲地购置衣物，无非是让一所房子漂亮堂皇，掩饰你伤感柔弱的肉体。在与恋人做爱时，你只需一所结实安全的房子，不让人窥探。做爱结束之后，免不了再套上一所房子，急切地，穿上内衣或盖上被子，短时间内不想再交谈，彼此睡去，你们成了两个陌生人。

每天，在我们起床以后，总是习惯套上衣服这所房子，再进行一天的活动。走出家门，来到街道上，再钻进汽车这所房子，到达另一所房子，傍晚时分走出来，回家。这个世界乍一看，地面上正是满布奇形怪状的房子。而人类在成熟之后，便会戴上面具这所房子生活在这个世界上，说着言不由衷的话，感到压抑而疲累。上帝也穿着衣服，他也需要房子。如果在世界之初，上帝是裸着的，也许他造的人类，便也是裸着的吧。

人类需要房子，他会安心。人类是宇宙中至情至性的生物。他们漂亮而柔软。需要保护。哪怕生命转瞬即逝。这样一来，冰冷的宇宙才能够记住他们。瞬间而永恒，星辰作证。于是人类在房子的保护下延续他们的伟大，而不至于整日暴露在大地之上，否则，人类会生病。

我们离不开房子。因为我们生性浪漫，受不得苦。那些喜欢户外运动的人们，则喜欢和房子谈一场奇怪而另类的恋爱。他们是喜欢偷情的那一类人，除了房子，他们还要享受大自然的温柔乡。房子自然不会多语，静静地待在那里，坚实淡然。他们在外尽兴之后，还是会回到家，洗个热水澡，听着房子哼唱的安眠曲，浑然睡去。

我们的一生，是选择各式各样的房子的一次漫长Shopping。男人选择女人，女人选择男人，我们需要爱。当无法得到爱时，我们制造了各种关于爱的传说，那便是艺术。最终，我们长眠于一小座石头垒彻的小房子里，再次孤独。从此永恒。回归大地。纠结与坚持都不再有。黑暗死寂，也最是安静放松。这次的房子，不是自己的选择。

所以，在我们活着的时候，是可以并尽可能地让我们的房子舒适，温暖，安全，心旷神怡。绝大部分的人类，一生都是在追求有一所属于自己的房子。他们在大部分的时间里，可能会租住在一所简单的蜗居里，独自，并企盼爱情。

我们人生的幸福感之一，是和自己爱的人同住在一所房子里。

故事发生在布宜诺斯艾利斯。当然，也可以是你所在的城市。甚至是这个地球上所有的城市。这些城市在二十一世纪的样子大同小异。无非是城市街道弯曲和延伸的不同艺术。你可以选择出门向左走，还是向右走。但愿你最终会遇见你的爱情。

有一天，你和你的爱情也可能被拍成电影。也许，这部电影正是效仿了你的故事。他的故事。她的故事。每个性情而孤独的灵魂都会喜欢这个故事。

它说中了你的心事。

马丁和玛莉安是这座城市的年轻人。他们曾经在街上相向而过，邂逅数次，但终擦身而过。他们都租住在这座城市的小公寓里。他们住得很近，将墙壁敲开，在各自的窗前，能看得到彼此。马丁是个电脑宅男，养着一只前女友留下的小狗，定期和网络介绍的女孩约会，但索然无味，依旧一个人生活。他性格宽和，络腮胡，身体健壮，爱好摄影。喜欢背上双肩背包游走在城市里。

玛莉安漂亮，气质独特，是橱窗设计师，刚和恋爱四年的男友分手。她孤独，渴望爱情，在夜里，企图和石膏男模特做爱。

他们各自过着自己的生活。马丁继续宅在家或者出门。玛莉安邂逅了游泳爱好者又被抛弃，孤独而漠然地和她的石膏模特们相伴。

他们寄居在小公寓里。坚强而寂寥。他们的心事，堵塞得快要撑出窗外。

爱情也是一所房子。好的爱情有如星空与大海，房租免费，面积宽敞，你能装上翅膀飞翔到这个世界的任何地方，肆意快感，享受飞翔的优雅与极限，躲避灾难和烦恼，只因它对你说，爱你，宝贝。

爱情是这个世界上最大的房子。那些六十平方米的蜗居，忽然变得很大很大，因为那对于两颗温暖的心脏来说，是足够宽敞了。

（二）

城市。爱情。

在城市里遭遇爱情是迷人的。那些街道和公共场所，便是一个巨大恒定自然浪漫的相亲会。你和他（她）参演了这部都市爱情文艺片的拍摄，独立制片，自导自演，永恒的续集。观者寥寥。自负盈亏。从没有“action”，也没有剪辑，也没有“再来一条”，剧本即是命运。也许，你暗恋了他整个青春期，他的一生全无知晓。也许，你一生也无法得到真爱。也许，你的人生一直是黑暗，或是平淡，你羞于人说。

你是马丁，她是玛莉安。

电影的最后，马丁和玛莉安在网络聊天室里遇到了。这是编剧的安排，他们在电影里注定要相识。而你和他（她）呢？在这座城市里，我们没有观看一部爱情电影那样轻松和坦然。我们每天起床，出门，走在街道上，遭遇开心和不开心，遇到各样心事，我们也只能装出大街上黑衣人的模样，那些人茫然地走动着，于是我们告诉自己，得装得和他们一样。也许，这就是生活的残酷和刺激。当你遇到了爱情，你便再也瞧不起电影了。你觉得你的爱情来之不易，比电影还要精彩。

再想想，电影是什么？当电影院电影结束之后，人们收拾着东西，揉揉眼睛离去，接下来，生活继续。影迷们甚至会在一部电影的开头猜测到片中男女主人公的爱情走向。马丁一定会和玛莉安相遇。他们一定会爱上彼此。果真。于是，电影有了固定的套路，聪明的观众也不免感到有些乏味。

而在你的城市生活里，一切都比电影情节来得繁复而多姿。你和他（她）的爱情结局，也许既非大团圆，也非悲剧可泣。你们的爱情，不一定非得插进一个小三。你们的爱情，也许，连最牛的电影编剧，也无法想象。

然而我们热爱电影。因为，它是我们的城市生活里，最浪漫的一员。我们乐意发现原来自己就是那个马丁和那个玛莉安。在这个爱情珍稀的时代，让我们在电影里相爱。

白衣飘飘的年代

>>>

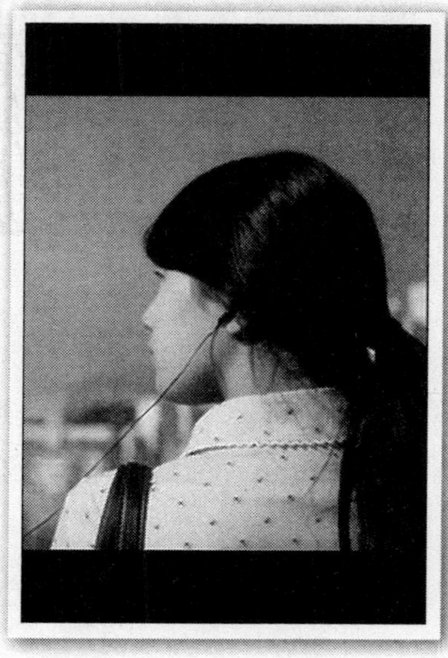

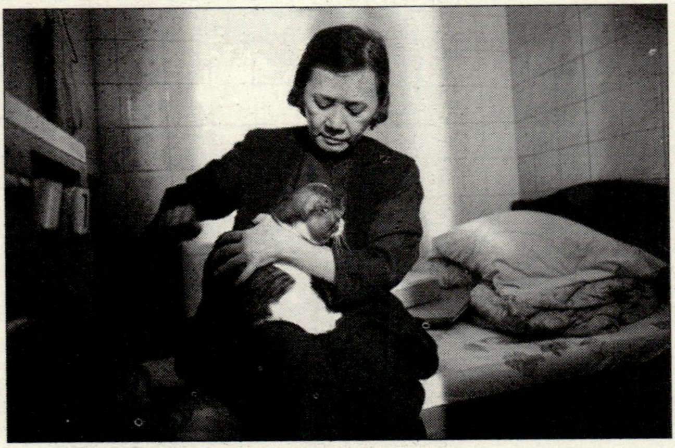

桃姐在你身边

——《桃姐》

桃姐是一个普通的女佣。她是街上、巷子口、你的邻里、亲人朋友里的一个，也可以是你，甚或是我家小巷里那位佝偻着背弯成九十度在垃圾箱里翻捡垃圾谋生的老太太。我好奇她的人生，她怎么生活，她的幸福感，她如何调解内心的烦恼，她以什么样的信念活下去。我好奇，她的晚餐，是否有谈笑风生，她是否会看着综艺节目在沙发上睡去，我好奇，她怎样打扮，谁会牵着她的手，是否仅是一只猫咪为她暖脚，而在她的葬礼，有谁会捧起一束百合放到她的身边，将她交给上帝，给予她足够的纸币与爱惜，远走高飞。

或者，桃姐让你想起了你的妈妈、外婆、祖母。她们曾经如你那般美丽。她们自有她们的小秘密，放在心里酿起蜜糖，不与你说。不要小看她们曾经张扬过的时代，画着丰腴美女画像的月历牌，远比插电质量糟糕的电子产品来得俏皮而随和。牌历一张一张地撕掉，日子就这么过去了。那样的日子，胡琴咿咿呀呀，深夜打更的老人悠然远去，一件塑身旗袍和一件西式外套在月夜墙根下窃窃私语，丝袜好奇地闪着光，高跟鞋微微踮起，西式外套将大花旗袍拥抱了起来，旗袍呻吟了起来，低低地窃笑。五天之后，旗袍又甩了西服一个耳光，高跟鞋答答答地走远了。半个月后，高跟鞋又在墙根悄悄踮了起来。桃姐，也曾踮起脚尖，神采飞扬地拥抱她的爱人么？

桃姐，是每一个已经老去的人，或者，我们将来也可能慢慢成为桃姐那样的老人，子女不在身边，不得不独居，然后生病，住院，衰老，看着街上穿着红裙子白裙子的女孩，怔怔地出神，用手揉揉眼角，嘴角浮起一丝不易被人察觉的微笑，心里缓缓在对一个人说话：我就要来了，你要等我啊，我就要来了。

衰老是重获新生前的一个试验，一场热身赛，一张自缠的茧。死亡是毛虫成茧，然后，你满脸皱纹地出生，像个小老头或者老太太，大声哭泣，再次成为需要有人照顾和喂养的人，一轮又一轮，向爱人打声招呼然后告别，也许，再也不会再见。

你怀抱里的孩子，也许就是另一个桃姐。而你，或许即将成为桃姐，用你的生命感染他人，成为艺术家的良知，成为另一类艺术，打动其他还漠然的生命。

我们之所以被《桃姐》感动，是因为我们被自己感动。桃姐不神秘，你看看周围，她是不是就在你身边。

女佣不可悲，我们每个人，都在为自己的人生打工，我们的每一天，都如桃姐一样孤独地如同活在养老院里。

然而，不论我们有多丑，有多老，或者贫穷，普通，我们也要学会灿烂地燃烧，如同桃姐，那么大年纪了，也要戴上漂亮的戒指，抹上口红，开开心心地去看一场电影首映。

你有多漂亮，桃姐就有多漂亮。

只要你生活得青春飞扬。

电影放映时，我的母亲在一旁睡着了，她发出了轻微的鼻息。我想，待会回家之后，是该我做晚饭了。

爱如风尘

——《恋恋风尘》

那天　黄昏

开始飘起了白雪

忧伤　开满山冈　等青春散场

午夜的电影　写满古老的恋情

在黑暗中　为年轻歌唱

——老狼《恋恋风尘》

一家酒吧。一个男人。一个女人。男人其貌不扬。女人知性内敛。一壶茶。或者咖啡。还冒着气。窗外的台北，市井生机，摩托捷运往来如常。你打个盹的工夫，这城市还是如此，只是某些约会，笑谈间，就创造了一整座城。一缕尘烟。一部电影。这晚恍然就度过了一辈子。

台湾的六十年代。阿云读初一。而阿远则就要初中毕业了。阿云和阿远穿着学校的制服。阿云的衣服是白色短袖衫配黑色长裙。阿远则是卡其黄的短袖及短裤。阿云梳着短发，黑色的眸子。有些害羞。经常低着头。简单而美好的女孩。圆脸。额前有刘海儿。粉红色小嘴唇。长相不算惊艳，但一看就是小镇上的姑娘。是的，阿云来自候硐。阿远也是来自候硐。台湾六十年代末时分。清洌纯朴的候硐乡镇。郁郁的山林。有若干条小道，弯弯曲曲流淌在林子里。一个简陋的小火车站。两条铁轨。一个小棚子，一个大钟。

空气里弥漫着台湾特有的温婉与娇憨。男人们也许会随时跳起舞来。再粗犷的男人，咿咿呀呀说起台语来，也就像是台北哪间优等班级里的国文女教师。戴着金丝边眼镜。满腔热情，只是男人都不爱她。

男人的茶杯见底了。女人摇了摇茶壶，随即叫了声“服务生”。不久，茶壶里装满开水，滚烫地落座。一直是男人在讲。关于一个新构思的电影。他抽起了香烟。窗外渐渐黑下来，店里亮起了灯。仍是幽暗的。女人在听。偶尔发出声音。然后男人继续讲下去。有时会有淡淡的笑声。有时会沉默。

阿云和阿远从小青梅竹马。阿云的妈妈很喜欢阿远。时不时她总对阿远说，阿云总归是你的人了。阿远瘦弱。初中毕业这年还是干脆的平头，下一秒里他出现在阿云面前头发就长了。显得像个台北市里普通打工的青年。这样的青年很多。不计其数。每条街道上走着的那些男孩，都是阿远。故事轻巧巧就开始发生了。发廊里做头发的小青年。骑摩托车送快递的小青年，建筑工地上面脚手架上面悬空的小青年。餐厅里点菜送菜的小青年。电脑城里生活在混浊空气里若无其事打着游戏等待生意的小青年。陪着女孩茫然地穿梭在地下商场里的小青年。在街头散发传单的小青年。开着出租车慢慢变成啤酒肚的小青年。穿上白衬衣黑西裤头抹啫哩水手拿警棍徘徊在酒店门口的小青年。在服装店门口当你一进门就高声叫嚷“欢迎光临”的小青年。上门修理电表煤气管道疏通下水道安装电脑宽带的小青年。他们有他们的故事。他们也许有一个女友，家乡来的，害羞不做声。夏天在家里腌好了毛豆，等待他们回家。先来一口冰镇啤酒，再就着毛豆和她说着话，觉得天下都是我的。

他们聊得累了。男人问女人想吃点什么。女人说三明治就好。于是两个人开始吃东西。不说话。这时，有熟人进来了，加入到他们中间。又添了一只茶杯。还是那个男人在讲。一个男孩和一个女孩的爱情。不久，男人不说了，女人和来人说起话来。男人仍在抽烟。一根接着一根。

阿远爱着阿云。阿云也爱着阿远。六十年代的台北，竟是像女子的青涩时代。还未懂得爱情的质地。既然有男孩求爱，就先欢喜地爱着。也不太懂得矜持，笑嘻嘻地随了那男孩去。最终痛心得流下泪来，遂成了坚韧成熟的女子。亦即今日的台北。而山村候硐如今倒像生下三个孩子的妇人。脸黑了，皮肤粗了，倒也笑意盈盈，热心快肠，不复当年的清瘦婉转。那些小路还在，妇人膨胀了的身躯，覆盖着少女灵俏的辉煌。你望着她发了会呆，她上来捏捏你的鼻子，打趣你一番，你望见她发黄的牙根，以及腰间浑圆的赘肉，有些害怕，赶紧逃走了。

六十年代的台湾，竟是不老的，她穿着素色长裙，眉眼清朗，像一朵夏日栀子花，镇定自若。

窗外慢慢安静下来。店里的客人渐渐散去。服务生为男人女人拧亮了餐桌上方的吊灯，熟练犹如每日功课。男人和女人是这里的常客，每每坐到很晚。直到深夜。

阿远先是在一家小型印刷厂做工。后来去朋友阿雄的店里送货。摩托车在某天和阿云外出时被偷。阿云在一家裁缝店里帮工。两人继续着恋爱。有时，阿云过来阿远这里，和他的朋友恒春仔、钦仔一起吃顿饭。有时，阿远骑车来看阿云，隔着那扇小铁窗，看读信时的阿云，阿云的脸，就被那些铁柱分成了五等份。也是分外漂亮的。有时，他们一起外出购物，漫步在台北的街头，那时，一定是常常下着小雨的，因为，那时的台北有点多愁善感。这座城市的初恋时分。要是天晴了，却是比什么时候都要明艳俏丽。发出娇憨的呢喃。雨后，天空出现彩虹，阿云一定会拉着阿远看，说，看啊，那是彩虹呢。于是阿远就看一眼彩虹，再看一眼阿云，心里想，我要在一个出现彩虹的时候，娶阿云。

不久，阿远接到了消息，他要去当兵了。他要离开三年，即一千零九十六天。阿云默默地，托邮差买了邮票，细细地一张一张贴在信封上面，写上自己的名字。一共是一千零九十六封。她要阿远每天写信给她。她等着。

离酒吧打烊还有两个小时，男人和女人还在。女人开始在纸上写着什么。一边听男人说话。两人不时轻声笑起来，似乎故事构思得差不多了。随即两人向后微靠，似是有些乏了。

阿远在金门服兵役。他穿上卡其色的兵工装，短袖长裤，平头。十几个男孩穿成这样聚在一起，像是一群雄鹿在岸边饮水。毫不畏惧。骄傲而忧郁。美丽异常。他们身体上透露出一种不成熟的美。有些人过于瘦弱了。有些人的脸过于精致。他们的手掌还未足够粗壮。不足以承担一个女孩的一生。只是刚好，那些气力，够帮阿云托起一袋米的重量。或是控制一台摩托车的力道。他还是太瘦了。像个孩子。像个和伙伴们在泥坑里玩地道战游戏的男孩。而不是男人。阿云不再写信来。他写给阿云的信，被退了回来，上面盖着邮戳，查无此人。阿云结婚了，对方不是阿远。

是那个邮差。

女人也开始抽烟。为了解乏。他们兴致愈浓。这时女人开始提出一些问题。男人听着。有时沉默一阵，然后才慢慢地说。

阿云烫了头发。穿着水红色套裙，嘴上抹了些口红。仍是低着头。像个害羞的洋娃娃。年纪轻轻就嫁了人。旁边那个男人，戴着眼镜，似木头桩子。女人跟了他，怕是一点情趣都没有。阿云站在那里，将一辈子的忧伤融成电影胶片两秒的幸福。

阿云告别了阿远。阿远告别了阿云。

一切如微风中颔首轻笑的风尘。如一位长者，如今他打起了瞌睡，闲暇时分，他将白胡子剪下几缕，随兴扔去，所到之处，便泛起淡淡哀愁。

是为恋恋风尘。

酒吧打烊了。男人对女人说，走吧。女人说，好。她最后在纸上写下了临时想到的四个字：恋恋风尘。她问男人，这四个字好不好。男人看了，想了想，说道，有点味道。

阿云和阿远的故事，便诞生在这个酒吧里，这个夜晚。

男人是侯孝贤。女人是朱天文。

《色戒》这道晚茶

——《色戒》

傍晚，和家人到汉口的民众乐园看电影《色戒》。时已深秋。这天不冷。窗外的风景，断然没有曾经的旧年代那样令人好奇和向往。若干年后，是否会有另一个李安来拍下我们的2007？

电影在傍晚开场。我选择和很多人一起看电影。选择和很多人一起来温习旧中国。于是感觉气氛很暖和。在这个冬天。大银幕像个好客的主人般向我们微笑。

电影像是张爱玲的爱情重温。也是旧上海那个在《良友》杂志上面笑靥如花的美女郑苹如短暂的业余特务一生的细腻浓重的捧场。两个女人惺惺相惜。生命得以在这个普通的秋季重生。

李安是为了表达心中对那个迷样的旧上海情结的一种致敬。那样的故事，给了他温暖的感觉。所以我们看到的电影并没有繁琐的情报安排和多镜头的战场切换。我们得以欣赏的，是王佳芝让人感到放心和亲切的脸，甚至还有爱情的荡漾。

张爱玲式的老式公寓。下午茶。太太们的麻将桌。点心。精致的旗袍。散发味道的头油。心照不宣的眼神交会。丝袜。

电影是王佳芝一个人的电影。易先生仿佛只是作为她的对手而出现。却也并不讨厌。还会说，看电影，怕黑。

旧上海已然不重要。特务暗杀敌人已然不是什么新鲜和令人揪心地看完两个小时电影的主要理由。

它对于你的调情在于：一个看似单纯的女大学生

和一个老奸巨猾的汉奸高官之间的过招会发生的种种故事和细节。并且在电影宣传的时候就告诉你，他们最终还发生了点什么。大量的性爱描写。这具备了一个艺术剧情爱情片应该具有的元素。

最强烈的感觉是，王佳芝在进行一场让人佩服的麻将赌注。李安让我们释然了他的痛苦与用心。汤唯像一个被长年驯养在深宫的精心培养的一匹黑马。成了李安最得意的作品。她的牌技娴熟。步步为营。向你微笑又轻易虏获你。一千个人在电影院里看戏。她就在和一千个人对奕。她为这场面宏大的赌局开演已然准备多时。这是汤唯这个可造之材的幸福。也是李安的聪明。可惜梁朝伟对于看电影的中国人来说，已经太过熟悉。他的老面孔与汤唯的耳目一新鲜明对照。已然不太能够勾起我们太多的观影欲望与好奇。我们知道他是个老实人。接了李安的戏，定然会加倍用心演好。结局我们已然知道。我知道他一定就会这么演。如果李安用了别人，是否会双龙戏珠？

镜头并无太大特色。讲述一个故事罢了。显然的广角镜头。常见的旧上海抗战时期的街景。已无新鲜。只是太多的麻将絮叨与登场让人感觉腻味。大红的太太们的指甲油不是好的化妆设计。

王力宏用尽了力气表演。太过的台湾腔让人反感。他似乎也不那么帅了。是因为角色戏分单薄，还是天分有限？

陈冲还是国内一线太太级配角的首选人物。她太可怜。就没离开过那张麻将桌，成了王佳芝这匹黑马偌大精彩弛骋疆场路边的一株小草。其余的角色，李安选择了往丑里挑的选角原则。都是为了衬托汤唯那张不太漂亮的脸。

电影的配乐低调而俏皮。不熟悉是哪个大师。让人不太尽兴。似乎是个欧洲人。有着欧洲人特有的洒脱和愚钝。不太了解中国的艰难和聪明。只是听着低低地说话。没让人记住它们。

让我失望的是，内地上映版本太弱智，又似乎太聪明。大量关键的性爱戏被删。只能刺激男人们女人们想着办法去四处探奇。人们的心态就这样被改变。成为现在的国人。

不过，它还是一部值得用心感受的文艺电影。那些咖啡厅里的眼神较量。王佳芝丝丝入扣的层次表演。细腻认真的道具设置。加上张爱玲和你对谈的这道晚茶。让你觉得舒服。

电影结束的时候，我坚持一个人看完最后的字幕。面对那些可爱的不断上升的姓名，我备感温暖。这是一部电影最好的结束方式。可惜人们大多已经散去了。

写这篇文章的时候，买不到张爱玲的原作。不过，她的小说已然熟悉。我想，看过她的书，也许会在心里导演属于自己的《色戒》。

这个夜晚，与张爱玲在一起。与那些旧事在一起。

白衣飘飘的年代——《二十四城记》

如果替代420厂的新型社区“二十四城”换掉一个名字，那么这部电影可以叫做“时间记”，“人生记”，“搬迁记”，“成长记”，“家庭记”。“二十四城”叫起来如此新鲜与古典，配合这样一部电影，听着就让人不明白，乃至有了些神秘的意味。以为是哪个新型社会主义新区，庞大的城市建筑，还有着逢双的数字“二十四”。这个数字和“城”结合起来，产生了新的美学意义，有些让人浮想联翩。像要猜测面前蒙着面纱的美女。到底是何等相貌。

其实，“二十四城”就是每一个我们曾经的家，我们的身体，我们的衣服，我们的走路，我们的挫折，催生的不易被人察觉的成长。那些给予我们以身体及精神保护的包裹物质，房子、衣服，以及书籍，电影，艺术，音乐等，都是我们的“城”。

《二十四城记》讲述了成都的老工厂420五十年来的变迁，生活在里面的人的命运变故。而这世界上的每个人的家，单身宿舍，酒店，以及所有大大小小我们所住过的住所，无不是一个个浓缩掉的420厂。搬家，你记忆里的搬家，旧家里被搬空之后狼藉一片的模样，就是一个个如今被残忍扼杀掉的420。

你走在寒嗖嗖的空荡荡唱起歌来仿佛置身于男高音演唱会现场KTV包房的浑厚回音的旧房子里，你看到电影里庞大辉煌的420厂已到了老态，“成”、“发”两个巨大厂牌被卸下来，房顶被人搬空。机器被强行拆毁。大势已去。而时间不作任何表态，你看钟，依然大模大样地闭着眼。时间是最神秘而不露声色的侠客。已经“不以物喜，不以己悲”。然而也因此毫无味道如白开水而容易被人淡忘。

只是来到2008年，该来的还是来了。空气里没有任何预兆和色彩。我们的搬家时分也平静得让人生疑，多少“二十四城”在我们的发呆和混乱中消失不见。世界没有那么残酷，也没有那么仁爱。我不要做时间。时间看见人类笑眯眯出生，笑眯眯长大，看见人类尽情享受生命的各等色味。最是冷冷地旁观。而单调得可怕。人生短即短吧。长就长吧。结束生命的时刻，更是精彩高贵无比。人自有离去之后所到的世界。现在，420的离去，我们搬离旧家的离去，我们丢弃童稚迈向成熟，皆为“变”字。变化，世界才会永久，人才有记忆。事物才有了故事。

电影很独特。贾氏电影稳稳地固定镜头，闷闷的，有如一壶水在火炉上开了。厚实而妥当。但也失掉一些灵气。像一部艺术化了的电视台专题纪录片。现今比较流行的摆拍镜头，人物傻乎乎地看着镜头，一脸的虔诚和温顺。定格几秒，甚至十几秒，有点小小的笑感。仿佛在看动画版本的《城市画报》。略显做作。我不清楚，如果没有陈建斌那段采访之后画面响起的《血疑》主题曲，以及之后的齐秦的《外面的世界》，我是否依旧会被电影打动，触发我的记忆，触发我的

“二十四城”情结。

那是整个八十年代的集体记忆：白衬衣红背带裙，小鹿纯子的披肩发，六一联欢会，脸上被女老师抹成了猴屁股，白瓷杯，数学题做错了中午要留在老师办公室不准吃中饭，四年级开始流行酸牛奶，非要冰冻后用吸管戳着吃，和男生玩官兵捉强盗，膝盖受伤之后到医务室用红色或是紫色的药水涂抹，和女同学在周末坐车到市中心的新华书店，借口买物理习题而偷偷买下了亚亚的《你看你看月亮的脸》，在初三剪成她专辑封面上的童花头，尽可能地收集翁美玲的所有粘贴画，在床边的墙壁上贴上小虎队与优欢派对靠在椅子上的画报，以及伊能静的落入凡间的精灵的画报，养蚕，买桑叶，穿踩脚裤，喜欢看《义不容情》与《灰网》，习惯用蓝黑墨水而不是纯蓝墨水，在水泥乒乓球台上与院子里的小伙伴“争皇帝”，用红色纱巾装饰马尾辫，崇拜牛仔裤，看《罗丹的情人》被阿佳妮的长发迷惑，夏令营与大家争论是刘德华的鹰勾鼻帅还是林忆莲的单眼皮性感……

这些集体记忆，正因为它消逝之后的独一无二，才让人心生暖意。只有当420厂消失之后，人们才会觉出它的好来。如果人生没有终点，就和没来过一样，时间老人正是由于深谙这样的道理，才让人类有了感受怀念、记忆的美好，才让人类有了流泪的理由和快感。流星的瞬间有时比永恒的星空更有魅力。

生活里无处不电影。那些五十年之后空旧、落寞、颓败的高大厂房，无疑让我的个人记忆在黑暗的电影院角落悄悄伤感而潮湿地绽放起来。贾樟柯的野心很大，他想要凭借一座工厂的历史兴衰，凭借九个人的家常式的独白呈现中国五十年的一个侧面，我还是觉得采用纪录片这样的形式，是一种讨巧和偷懒的做法。如何用电影，用电影的本质——讲述故事的方式来表现420厂的变化，而不是赤裸裸地让人面对镜头单调地述说。贾樟柯，你在逃避什么？

但是它仍然是一部成功的电影作品。虽然它企图在一个妙龄女子的苗条身段里装下一个彪形大汉，我想，绝不仅仅是因为电影有多么好，而是因为，我们拥有的那些年代，白衣飘飘的年代。我如此幸运。

仅此而已。

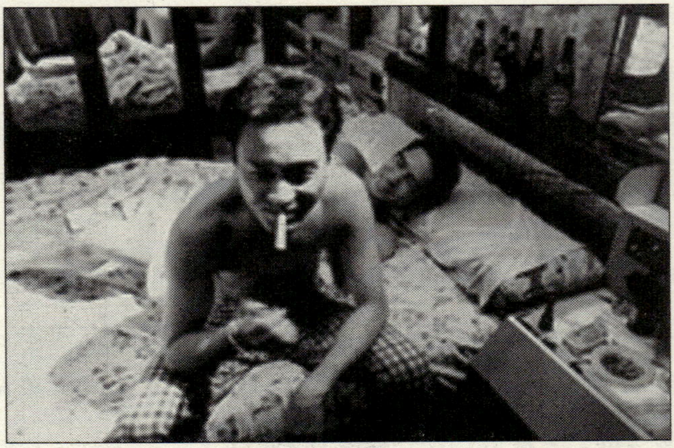

生命，是那场阿根廷之旅

——《春光乍泄》

1995 年。布宜诺斯艾利斯。香港。台北。黎耀辉。何宝荣。小张。

2012 年。天堂。香港。台北。梁朝伟。张国荣。张震。

1995 年。爱情。友谊。

2012 年。爱情。友谊。

1995 年和 2012 年没有多少不同。人们迅速老去。人们再次新生。只有城市不变。兴许，在布宜诺斯艾利斯，深夜，另一个黎耀辉，可以是大陆人，可以是香港人，可以是台北人。忧伤地踟躇在那家探戈酒吧门前。兴许，酒吧里已经不跳探戈了。兴许改为网吧。更多年轻人在街头涂鸦。女孩们更为现代而空虚。人们不时低下头来，玩弄手机发微博，看电子书，或者收看足球比赛和性爱禁片。小巷里，在你打个瞌睡的当儿，黎耀辉已经逆着阳光独自抽完一根烟，然后默默地离开。他，可以是大陆人，可以是香港人，可以是台北人。

但，1995 年的那个黎耀辉，已经一去不复返了。一如我们的青春和天真。只有城市不变。以及上帝。城市骨子里应该是男人。经历越久，脸庞的皱折，越加迷人而勾魂。它吸引越来越多的观光客，就像他的情人。

1995 年，黎耀辉和何宝荣是一对情侣。他们来到阿根廷的布宜诺斯艾利斯，想要看那个世界闻名的大瀑布。中途，两人分开。一天深夜，在一家探戈酒吧做侍应生的黎耀辉，偶遇了来酒吧玩乐的何宝荣。两人再次相爱。不久，两人再次分手。

1995 年。正当盛年的张国荣和梁朝伟。两人瘦削，发型英气干练，平头。梁朝伟还没有后来《色戒》里易先生的城府和阴森。他饰演的角色很讨巧，性格干脆利落，似是两人关系里主动强势的一方。梁朝伟凭借黎耀辉这个角色获得 1997 年香港电影金像奖最佳男主角。张国荣没有获奖。但，他将他的生命演成了一部电影。我们的生命，就是一场阿根廷之旅。当张国荣坠落到底的刹那，他还能不能说一句：让我们从头来过。

1995 年和 2012 年没有多少不同。就如同月亮不曾改变一样。就如同四季轮换，时间不语一样。就如同出生一批又一批相同的人类一样。就如同人们死去的姿势与面容相同一样。就如同我们爱情的理由与方式相同一样。就如同我们分手的理由与方式相同一样。我们在路上的决绝与骄傲，也是一样的。

我们的孤独，也是一样的。

于是，这个世界一直在重复。我们制造出艺术，其实是一次放肆的歇斯底里。所有艺术的主题是相似的：述说生命的无奈和孤独。

如同一次春光乍泄。

黎耀辉和何宝荣孤独地爱着。如同你和他（她）那样爱着。你们同住在一间偏僻没落随意的小公寓里。房子是租的。有一个迟钝冷漠的房主，和一些吵吵闹闹平庸粗略的房客。房子附近通常矗立着一个矮小但坚固的 24 小时便利店。有一个报摊。有一家家常菜餐厅。还有一个公共汽车始发站。停靠着一些大腹便便亲切摇摆着的大家伙。你经常为他（她）捎回香烟，或是一袋话梅。房子里家具陈旧。通常贴着两种或两种以上的墙纸。这房子租过好多人了。有一个阳台。桌子对着它。有一台电视机。小尺寸的。你们经常让它开着。有一张单人床。一张单人沙发。让他对你说，“让我们从头来过”之前，你就住这了。于是你还没来得及为他（她）换一张双人床。还有一条随风起舞的窗帘。绿色的。让他在你上班时思念你时，望着它发呆。

你们亲密。你们冷战。你们絮语。你们口角。你们跳舞。你们做爱。你们哭泣。你们发呆。你们绝望。你们重生。直至其中一人从这间房子搬了出去。你们再次孤独。那些喧嚣的街道。那些暧昧的咖啡馆。那些午后的小巷。那些曾经炽热的香烟。那些侠骨柔肠的烈酒。那些伤口。那些凝望。那些刻薄。那些私心。曾经，你经历着这些，你从不孤独。

孤独，是从头来过之前最有心机而高贵的暧昧。

电影讲述了两个男人之间的爱情。两个男人之间的友谊。张震饰演的小张，和黎耀辉在片中发展了一段稍显暧昧的友谊。三个男人在陌生的布宜诺斯艾利斯，彼此温暖。张震饰演黎耀辉在餐厅工作的同事。一个天真率性，又不无孤独的年轻男孩。他的孤独，在电影里是忧伤的。犹如一幅德加最新的油画。他不再画芭蕾，他将目光投向1995年的世界，少年的优雅。

电影是王家卫式的。主题讲述都市里人类的茫然和无奈。深深的孤寂。故事很旧了。男人与男人的爱情，与男人与女人的爱情，差异不大。只是其中充斥了刚烈的香烟与酒。他们相互照顾，伤害，争吵，嫉妒，猜疑。他们在简陋逼仄的小厨房里相拥跳舞。他们在伤害对方之后，独自哭泣起来，像个十六岁的女孩。他们爱着对方，却选择离开。

我喜欢电影里黎耀辉的那个房间。美术指导是张叔平。斑剥的墙纸。黄色的壁灯。红色的毯子。绿色的窗帘。蓝色的泛着光的瀑布图案的灯罩。旧损的木质地板。裂开了缝的木头门，依旧散发着香。阳光从落地窗外洒进来，窗帘随风飘舞，室内阴暗分明。何宝荣坐在蓝色桌布旁，塑造被情所困的美丽男子。出现在老电影里。那是我们喜爱艳羡的模样。我们看着的，终究是我们自己。

故事结束的时候，已是1997年。黎耀辉和何宝荣最终分手。小张去了南极旁的灯塔。他将黎耀辉录下的声音留在了那里。里面什么也没有，好似有人在哭。

一位中国的伟人去世了。下午，黎耀辉在台北的旅馆里醒来，听到了这个消息。世界好似没有理会，人类依然嘻嘻哈哈，努力而轻浮地活着。

离开阿根廷之前，黎耀辉独自去看了那个瀑布。犹如最终我们剩下的，是和自己的独白。

1995年和2012年没有多少不同。我们依然在路上。旅途孤单。但你总会遇到一些人，不久，他们就离开了。而有缘再见的人，始终等在那里，想要跟你说：让我们从头来过。

初恋像冰一样化掉了

——《初恋红豆冰》

《初恋红豆冰》这部电影，是阿牛导演的处女作电影。是马来西亚籍的阿牛，和同是马来西亚籍的李心洁、梁静茹、品冠、曹格、戴佩妮共同创作的电影作品。

电影轻巧，迷你，冰凉，微温，然后有泪水蜿蜒悄悄流经的轨迹。

温热的泪水，就这样被冻结在这个夏天夜晚僵硬的冷气里。

被冻成了一杯红豆冰。

阿牛，这个在中国歌坛仿佛是一颗微弱流星般的男孩。喔，听说他已结婚，是否应该称呼他为男人。喔，不，我更愿意称呼他为男孩。

这是男孩阿牛的闪烁着红豆冰粒般纯粹洁净的电影作品。

初恋，和红豆冰。

发生在马来西亚一个普通的小镇上的初恋故事。

故事很简单。剧情甚至很旧了。一个少年默默地爱着青梅竹马的女孩。男孩叫 Botak，光头的意思。女孩没有了爸爸，爸爸抛弃了她和母亲。女孩很坚强，女孩和男孩喜欢一种鱼，名叫打架鱼。女孩也变成了一条打架鱼。

Botak 家开着一家咖啡店，可是光头 Botak 不喜欢泡咖啡。他瘦，和阿牛一样瘦。和阿牛一样爱笑着就露出了小虎牙。和阿牛在导出这部电影之前一样平凡，默默的。

Botak 爱上画画。就像我们，就像在我们的心底，清清楚楚地明白我们爱着什么，不论爱上的是女孩或是男孩，还是最令我们在心底偷偷骄傲的天才。这样的天才我们都不会说，我们习惯掩藏起我们的天才，习惯让我们爱着的人，吃着红豆冰，给予我们一份发生在夏天的，冰冰凉凉的误会。然后初恋就会像冰一样化掉了。

电影像男孩阿牛的微笑。那样在上午九点干净的阳光照耀下，男孩阿牛咧开嘴笑了。露出小虎牙。傻傻的。让人不忍要摸摸他的平头，拍拍他的肩，拿他当作小弟，想要作弄他的柔弱与笨拙，只是为了看他咧开嘴来笑，看他的虎牙。然后心里感到满足了。

也许，只是为了看到他的单纯幽默的笑脸，幻化成一杯夏天的红豆冰，让你想起了你的初恋，然后哭了起来。

于是男孩阿牛令我们刮目相看。就像看到了每一个自己，终有一天会拿出自己的作品，那部作品和红豆冰有关或无关，然后一鸣惊人。会让女孩或男孩被感动，写下一些字流传。

于是电影就这样干干净净，诚诚恳恳，大大方方地抒写着初恋。这是男孩阿牛的初恋。也是我的初恋。也是你的。肯定。

于是电影有着男孩阿牛般玲珑的灵巧。体态轻盈。仿佛跑着跑着可以弹跳着飞到高空。像只麋鹿。

是的，故事是这样的旧了。

错过。最终还是错过了。Botak与打架鱼错过了。阿牛与他的初恋错过了。李心洁告别瘦小的家乡，将错过写成重生。我也错过了。那个大学时分的夏天，生命里终于告别了红豆冰。学校里贩卖五颜六色的冰汽水。滋养着一大帮成人儿童。我们依然初恋着。

只是不再有红豆冰。

雨季不再来。

故事是这样的旧了。好像世世代代的初恋少年们无法拒绝红豆的冰凉。好像每天吃着冰，夏天也有了冬天的凉爽。夏天也更加炎热了。于是我们更有理由疯狂在这一季的夏天里。阳光更灼热了。但初恋不就应该浸泡在汗水里，湿漉漉的么？

故事还是很旧了。这样的初恋故事里，注定会有一个害羞的男孩，爱上了一个大无畏的女孩。就像，我爱上了你。你被她爱上。她依然被爱着。

这些故事的细枝末节，只有红豆冰知晓。

故事还是很旧了。这样的初恋故事里，还要有几个这样的配角，注定要设置一个让人讨厌的对手，一些更加平凡的龙套，几个友情出演的嫣然一笑。

在另外的一些故事里，配角属于另一种主角。

为什么当我们变得高大，内心被这个世界装进好多幸福与不幸，就是成长的真谛；为什么我们要追求心计的复杂和墨黑，才是人生的路？

为什么，红豆冰的世界只有那一季？

为什么，红豆冰，一定会化掉？

我爱上了你。你被她爱上。她依然被爱着。

一拨人，和又一拨人，被争先恐后地来到这个世界上，开始他们崭新的生命，却只是在过着千百年来已经陈旧无比的日子。

好乏力，好乏味，我们的故事，竟然诉说着同一个命题。

那个最先吃到红豆冰的人，是谁啊。

现在的我们，现在的阿牛们，现在的李心洁们，依然继续着虚伪浪漫的初恋。在精明美丽的咖啡店里点上一杯卡布其诺，有了一份世故和沉着。

也许，这也是一种告别青春最好的方式。

真好，红豆冰，永远，永远那么年轻。

就像我们的初恋。

致敬，我们的11岁

——《我11》

看完王小帅的电影《我 11》，我觉得，我依然是那个少年。也依然是那个少女。那个清凉的冷静的年代里的，不灭的精灵。我仿佛又戴着红领巾，和同伴们挤在学校门口的杂货铺，购买印有花仙子小倍和翁美玲图像的粘贴画。然后在夏天的午后，和同伴们偷偷爬上别人家的大桑树，紧张又兴奋地偷桑叶，洗干净喂我们的蚕宝宝。我们玩官兵捉强盗，我们穿白衬衣红背带裙，脸上被老师画成个猴屁股，齐声高唱《没有共产党就没有新中国》。那时的夏天，很轻盈很艺术，我们高贵得就像在自由地拍摄某个导演的七十年代或者八十年代。我们好像很容易就能够喜欢上一个人，并且小小的年纪，就懂得了忧郁的独特和绝决。

然后，我们就长大了，来到了 11 岁。来到了男孩王憨的 11 岁，其实，也是我们的 11 岁。女孩来了初潮。男孩开始有了性梦。11 岁，我们开始买带锁的日记本，想探究婴儿是怎么出生的。11 岁，一切都是朦朦胧胧的。就像印象派画家莫奈的油画。不论我们出生在哪个年代，哪个国家，在我们 11 岁的时候，似乎都拥有相似的个头，对异性的好奇，内心的单纯，生命的茫然，自由的生活，还有几乎同样弹性指数的肌肤。11 岁，我们还没有理想，我们其实不想当科学家，不想做工程师，也厌恶做老师，讨厌当医生。我们被爸爸妈妈送去学习画画，弹琴，跳舞，电脑，是因为我们小小年纪就懂得了妥协，我们为了不被挨打和冷落，我们装作高高兴兴地去学习。11 岁，我们就懂得了，生命其实是一种无奈的孤独，我们做的所有事情，便是逃避这孤独，并向他人索要微笑和温暖。

每个人的 11 岁，都是共性的，也是独特的。《我 11》其实是导演王小帅对于他的 11 岁的一次美丽的朝花夕拾。看着电影，无论是美国人，法国人，还是越南人；无论是老人，中年人，还是高中生，眼睛应该都会微微地湿了，继而，绽开一丝会心的笑靥。

《我 11》对于我，其实是一次温馨的旅行。我又回到了旧家。回到了我可亲可爱的童年。我就像是男孩王憨的同桌，见证了他的 11 岁，他也成为了我精彩童年的男伴。我仿佛又记起来了，童年时，和同桌的男生嬉闹，吵架，画三八线，相处默契又分分合合，像是一对迷你版的小情侣。王憨穿着白衬衣，蓝布裤，我就穿着白衬衣，红裙子。王憨的故事发生在中国西南的某个军工厂里，我的故事发生在中国内陆的一个大城市。王憨和伙伴们弹玻璃珠，吃冰棍，捉迷藏，我和伙伴们跳皮筋，丢沙包，也捉迷藏。我们清晨在同样的“中央人民广播电台，现在是报纸摘要时间”声音里起床，坐上爸爸的黑色自行车，上学。我们的家，一样在床上挂着白色的蚊帐，铺着草席。甚至，我们做着同样节奏的广播体操，我们一样都曾在主席台上领过操。我知道，那样的感觉。

慢慢地，我走着，走在旧家附近的街道上，我看见王憨和一个小女孩并肩向这边走来。那个小女孩，是11岁的我。我不知道是我走进了电影里，还是电影走进了我的童年。走进学校，我开始近距离观察11岁的我。女孩不时和王憨闹着脾气，她开始向老师诉苦，说王憨欺负她。于是，他们疏远了一段时间。我继续游走在过去里，我讶讶地发现，那个过去我总以为他对我“不怀好意”的男孩，实际上有多在乎她。他利用各种“手段”靠近她，但她却不以为然，以为他不喜欢自己。她很伤心。他也很伤心。然后，在他们的身边，有着其他的男孩女孩和他们发生了故事。我发现其实我的故事可以重来。我悄悄替男孩写了一封信，在中午时分塞进了她的课桌。我看到女孩看到后，嘴角露出了笑靥。她转过头，向男孩微笑。此刻，我站在男孩旁边，我看见，11岁的王憨微微红了脸。

命运不能重来，但在电影里，我们可以重新恋爱和美好。当电影散场，字幕升起时，王子和公主消失了，但从那刻起，我们拥有回忆的浪漫。

我在电影里改写了我的命运。这样的感觉很好。我知道，在11岁那年，我错过的故事，以及好多人同样的错过，都无法挽回了。但在这个初夏的午后，我邂逅了这部电影，我知道，每部电影都有它的理由和遗憾，《我11》也是这样。我其实可以功利地分析这部电影的技巧缺憾和情节的重复，就像很多自信满满的影评人那样。但我还是说了这些，因为我流下的眼泪，因为这部电影，向我的，以及我们的11岁致敬。

电影很真诚。它诚实而又痴情地再现了我们的七十年代。那个孤独的，自我的，凛然的，骄傲的七十年代。这样的电影令人尊敬。我们可以在黑暗中放肆地，痛快地流下眼泪，就像对爱人撒娇那样幸福而快感，哭过以后，你的心口是疼的，然后，你就微笑起来。

你是春娇，他是志明

——《春娇与志明》

当你和他相识，慢慢聊着，你看着他的眼睛，闪闪发亮，他也不时凝视你的脸，你的心跳变得明显，看到他的那双骨节粗大强壮有力的手，你更加害羞了。你想像它握着你的小手，用力地紧紧地握着，你突然有了一个家，就在那瞬间。而之前一刻，你们还是陌生人。你们也许是随兴的邂逅，也许是在一幢大楼的小巷里，边吸烟边聊着，你是春娇，他是志明。或者，你是你，他是他。你们心有灵犀，在心里编织起了一幅五彩的苏绣。针脚紧密欢喜，透着一股男孩女孩初期荷尔蒙的腥甜。你在夜色中欢笑，脸蛋因为自负和狂喜，将羞涩驱逐出局。他将你送到家门口，顺便捏了捏你的手，夏天，强壮的他的短袖衬衣被汗水浸透了，散发出雄性蒸蒸日上的霸气，他的身体就挡在你的眼前，他是你的，此刻。你的脑袋有点晕，竭力表演出最后关头的淑女模样，对他笑意盈盈，意思是“好突然，我不曾想到会这样，让我回家，我要好好想想并品尝一番”。你还是笑笑的，有些推脱的意思，想要尽快结束电影的开场，你的拿手好戏便是关上房门，一个人在夜里吃吃地笑起来，脸也热了。只怕时间久了，那苏绣看得便也乏了，没了那初见的鸿蒙，苏绣便也只是一匹粗布罢了。

或者，你和他分处异地，你是春娇，他是志明，你们拿出手机，互发信息。你优雅地舞动，身材匀称而凹凸，拿着酒杯，紫色的晚礼服，胸形若隐若现，男士们都看向你，脸上有一颗小痘痘也无所谓，你的确美貌如仙，肤如凝脂，你得意洋洋，与友人杯碰杯，轻轻地说声：cheers。春光无限。恍然父亲看到你在房中兀自笑靥如花般傻傻的，你也不理，转身继续 Party。直至友人们因你的美艳心生忌妒而去，你依然在舞台中央的光柱中起舞，跳个不停。等待黑暗里一支暗箭击中你的心房，你孤寂地吐出鲜血，以最优雅的姿势闭上眼睛，在爱人到来之前。

你送出最后一句：晚安。他回了一句：晚安。自此，你和他的故事有了电影的美好。你们分别扮演那个叫做春娇与志明的人，或者，春娇与志明躲在电影院里，看你和他的故事上演，哭泣起来，便悄悄复习着你和他的爱情，不觉红了脸。

这是最初的《志明与春娇》。

时光流逝，漂亮的苏绣搁置久了，也自会产生一股味道，就像春娇来到北京，同事们都说，你啊，已经是大妈了。新的刺绣好看，在现代的中国，质量也不如旧的手工来得扎实。那些旧了的，只怕只会在多年之后的午夜档电台节目里，被辅以怀旧老唱片，娓娓道来。主持人倾诉着那些生命中的残酷碎片，你手握收音机，潸然泪下。

你和他开始有了争吵。你们视对方为最可恨的人。你说过分手，他也说过分手。各种各样关于爱的考验接踵而至。慢慢的，这一年，你们纷纷越过人生的而立之年，你开始频繁购买各种遮瑕产品，用最好的眼霜，开始每天在隔离霜之后再涂抹一层粉底。他开始购买价格不菲的内裤，抽古巴的雪茄，家居装修风格偏好仿古。

你们依然是志明与春娇。或者，你是你，他是他。你们定期碰面，吃饭，做爱。夜深的时候，他独自开车回家。你偶尔在想，要不要考虑试着和 Sam 发展？Sam 是你的追求者，未婚，稳重多金，对你一往情深。你想，结婚，到底是和自己爱的人，还是找个爱自己的人？

午夜的电台节目，你喜欢这个嗓音磁性的男主持人，幻想他的故事，一会儿节目结束，他是否会给他的爱人打个电话，告诉她你先睡，我给你买了宵夜再回来。你总是想象他很幸福。节目结束了，凌晨两点，你睡不着，起床热了一杯牛奶，碟机里放入一张碟片，《甜蜜蜜》。这是你和他恋爱不久后，在一个深夜一起看的电影。当时的细节你还记得，他习惯搂着你的腰，一只脚掌踩在你的脚背上，几种不同的姿势后，你的头枕在他的腿上。那天，不等电影结束，你和他都睡着了。醒来，已是黎明，有冷空气慢慢从窗外渗进来，清晨四点。电影仍在一轮一轮地放映。你看到张曼玉在纽约的大街上奔跑，寻找黎明的身影，那是你对于这部电影最为深刻的情节。此刻你开始重看这部电影。看到在除夕夜，张曼玉和黎明一起贩卖邓丽君的 CD，夜深两人第一次亲吻，彼此取暖。你突然想起了你和他，第一次拥抱的情形。你拿过手机，翻看你们曾经的短信，那么多的“晚安”，和“我爱你”。此刻，你稍稍迟疑了一会，给他发了一条信息：睡了吗？三分钟后，他回了信息：没有。你再发出去：在做什么？他回：看电视。你又发：我刚刚又看了一遍《甜蜜蜜》。他回：哦，最近我也想看呢。你发：我借你碟子。他回：有空，再一起看吧。

第二天的午夜时分，男主持人向听众推荐了一部即将上映的电影《春娇与志明》，她突然就很想和他一起去看这部电影。她想知道这对情侣的故事最后的结局是怎样的。

那天，看完电影，他依旧礼貌地送她回家，深夜了，她收到他的一条短信：春娇，我是志明，我们结婚吧。

她和她的故事

——《暧昧》、《刺青》

人物：

电影《暧昧》：德国女艺术家苏菲。台湾女孩艾玲。台湾女孩美丽。

电影《刺青》：视讯女郎小绿。女刺青师竹子。

小说《性的诸多诗意》（作者：珍妮特·温特森）：她：女画家毕加索。她的爱人“我”。

她的呼吸是冰冷空气中的一抹蓝色。她吸入蓝色的冬季，俨如冰冻的圣母。我想，拜倒在她的石榴裙下是正确的，而拜倒后的风光亦属上佳。

——小说《性的诸多诗意》

我们是女子。我们美丽。我们骄傲。我们楚楚可怜。我们坚强。我们热情。我们脆弱。我们绝处逢生。我们不爱男人。我们爱着彼此。

我们是“萨福”的天使。我们是神灵感突来不小心脱口而出的误旨：他预备要说：你们要幸福；而说成了“你们要制造幸福”。因为那刻，神为另一位女子怀有了他的骨肉而欣喜。

我们终会相遇。以最适合我们的美丽的方式。在公元的某一年某一天。夜晚或是那棵树下。苏菲在电影院里邂逅了艾玲。她们在汉堡。她们共同看了一部侯孝贤的电影《最好的时光》。她们因为座位挨在一起而相识。或者，女孩小绿在九岁那年的夏天傍晚，看见远远的竹子帅气地骑着单车慢慢靠近。竹子短发。戴着眼镜和棒球帽。还有她左手臂上一大片漂亮的金色蔓珠沙华刺青。

一瞬间，她爱上了她。

稍后，她亦爱上了她。

在她回头的时候，我亲吻了她红宝石般的嘴唇，并从她那蓝色眼眸汇成的海洋里轻舀一瓢。她咸咸的，她的品质很好，她的做工也很精细，她有浪花般的曲线。我想“这是个弄潮的好地方”。

——小说《性的诸多诗意》

我们是女子。但有时，你就成了男人。你是，长发飘飘，颈口佩戴着白色琥珀，肌肤如瓷。你还有C75尺寸的胸型。习惯佩戴黑色蕾丝或者豹纹胸衣。搭配以白色丝织衬衣，借以挑逗男人以及女人。我流连你硕大的胸脯，犹如妈妈的怀抱。常常忍不住将头深埋进去。山陵成了平川。你是我的男人。我的好男人。我们一起迎接“好朋友”。一起看电影。我们将对方的单眼皮化成烟熏。我们在咖啡馆看书也不必脸红心跳。我们不必减肥。我们懂得如何制造快乐的高潮，不用担心怀孕。

你的爱人，是男人还是女人，都不重要。重要的是你是否得到温暖。

我们的一生，都是在“制造”更浓烈更长久的温暖。如同一切艺术，文学或是电影。它们是作者的个性表达，却让更多人流下泪来。

你是我的《新约》。我们是彼此的福音。我是你的天使报喜节、天启；你是我的圣马可，脚下有飞狮坐骑。我会拥有你和你的狮子，我会跳起来，将你从我的身上甩下去，直到你学会给我备鞍。

——小说《性的诸多诗意》

苏菲爱上了艾玲。一个德国女艺术家爱上了一个台湾女孩。艾玲大眼睛，瘦削，性格温婉。苏菲高大，强势，温柔，直接。在她们相识后过了几天，艾玲接到了苏菲的短信：我已经被你迷得无法自拔，请给我解脱，给我打电话。不久，艾玲搬到了苏菲宽敞的公寓里。苏菲为艾玲拍摄照片和短片。她在她的镜头里爱她。艾玲快乐而天真。满脸都是笑。扎起头发或是披着短发。眼睛里幽汪汪的。像两粒黑玛瑙。苏菲镜头里的艾玲是最美的。像一只活泼性感的小鹿。或者，艾玲依偎在苏菲身边，两人合照。你可以感受到她们的爱意。就像一个女孩为另一个女孩绑系芭蕾舞鞋的缎带。然后，另一个女孩吻吻她的嘴，两人脸红红的，手牵手走向舞台。

还有另一种女同爱情，贯穿一个女孩的童年到青年。这样的爱情，借由刺青艺术，完成她们成长的仪式。十八岁的小绿是孤独的，从小她和奶奶相依为命。九岁那年她爱上了女中学生竹子。而竹子亦是孤独的，在一场地震中，她失去了双亲，弟弟受了惊吓，得了解离症。竹子在左臂上刺上了蔓珠沙华的刺青，从此封闭度日，成了一名刺青师。她像个男人，天天长衣长裤，穿皮鞋。直到小绿发现了竹子开的这家刺青店，两人曾经的过往又慢慢想起。小绿依然爱着竹子，她是一名视讯女郎，每晚上线和男客人聊天，然后表演裸体秀。她希望竹子能上线“独占”她。她要求竹子能为她刺上那幅蔓珠沙华，竹子不肯。

我对你的感觉是圣经式的。这种感觉非常激烈、冒失、傲慢、冒险和对这世界的行为准则漠不关心。我炫耀着我流血的伤口，因为坚信而痴狂。天堂国度就在你和身体中，毕加索，我祝福你。

——小说《性的诸多诗意》

几个月后，艾玲死了。死于车祸。伤心的苏菲带着她为艾玲拍摄的短片来到台湾。在她的艺术短片开幕酒会的那个晚上，她在人群里发现了一个奇怪的女孩。她好像是艾玲的影子，让苏菲不安。这个女孩叫美丽，她开朗鬼马，自称是一个报社的记者，想要采访苏菲。苏菲在疑惑里慢慢讲述了她和艾玲的爱情。

不久，这个神秘的女孩，又出现在了苏菲柏林公寓的门外。美丽爱上了苏菲，她炙热的眼神和步步紧逼让苏菲迷惑，她不知她是否爱上了美丽？她是谁？

我们是谁？刺青到底是什么？竹子一直不肯为小绿刺青，因为她看到小绿，就会想起已经封闭多年的从前。小绿以为每晚上线和她聊天的“他”就是竹子，当“他”对她说出“我喜欢你”的时候，小绿就会有一种恋爱的感觉。实际上“他”是一名患有口吃的警察。每晚上线和小绿聊天是因为有任务在身，警局准备要抓捕小绿所在的色情网站。男孩喜欢上了小绿，不希望她被抓，当他对小绿说明自己的身份后，小绿崩溃了。

在陆地上，他们教你积谷防饥，但事实上爱不需要储蓄。要么是新鲜的，要么就全然不爱。我们新鲜又丰富。我们是彼此的大丰收。她播种我，她收获我，我们陷入彼此的麦圈。

——小说《性的诸多诗意》

苏菲疑窦丛生。她上网了解美丽的信息，发现台北没有叫做美丽的记者；从台湾到德国的入境记录显示没有人入境。与此同时，身在台湾的一名女子，深夜做噩梦，发现自己身处柏林，被一辆车撞倒死去。她就是美丽。

艾玲死后，她的魂魄，借由这个名叫美丽的台湾女子，再度出现在苏菲面前。她不忍离去。她爱着她。她回来找她。因为，一个人多么孤独，两个人多么温暖。

同样，小绿想要竹子给她刺青，是想要留住爱情的记忆。她想要借由刺青，将她对竹子的爱情，变成身体上的永恒。竹子经过内心的自我救赎，开始全新的生活，她为小绿设计了一幅漂亮的茉莉花刺青。她给小绿发讯息：我回刺青店等你。

毕加索爱了我五十五年，现在依然如是。我们一起走过了暗无天日的隧道。我们不再穿灰色的衣服。

——小说《性的诸多诗意》

我们是女子。我们不爱男人。我们爱着彼此。

当我们相遇，我们就有了彼此温暖的责任。所以哪怕艾玲离去，她仍会借由美丽来延续爱情；所以哪怕小绿选择记得，竹子选择忘记，她们还是幸运地拥有刺青，来完成残酷的成长。爱情，是我明白你只是一个柔弱忧伤的女子，我仍把我的一生交给你。

美丽人生

——日剧《美丽人生》

现在已夜深了。可还是止不住想写下看完日剧《美丽人生》之后要说的话。

刚才最末集。看到冬二为已经死去的杏子化上妆。那样双腿残疾之后却仍是一脸灿烂阳光笑脸的町田杏子。那样想要努力面对人生的杏子。遇见冬二后便觉得整个人生不再辜负她了的杏子。短发的杏子。喜欢红色鞋子的杏子。坐在轮椅上只能看到一米高度的杏子。爱和冬二一起在路边吃拉面的杏子。自卑的杏子。被冬二改变发型后便美丽起来的杏子。即使 27 岁死去也拥有了美丽人生的杏子。

她被白床单覆盖。而临终前还看到了冬二发型师事业再度起色的模特秀。之前，得知自己的病将要恶化，不久将死去时，她睡在冬二的怀里，小声地告诉冬二，人生纵然再不幸，也要努力地面对人生。再之前，她对冬二说，害怕黑夜的到来，害怕睡下去便不能再醒来。之前，她偷偷从医院跑到冬二家，定定地看着冬二说，抱紧我，拥有了和冬二人生中唯一的一次性爱。之前，她和冬二说出他们的梦想：在海边，有一家小小的发型店。墙壁上不是模特的相片，而是大自然的样子。有狗吠。会有客人进来，小声地说，这个叔叔好闷，而这个婶婶人却好好。之后，杏子不自信地说，会吗？我会在冬二的未来吗？冬二说，我们不是注定会一辈子在一起的吗？

大哭。不能自已。对于我们来说，会有第二个冬二吗?

看到冬二为杏子化妆那里，被爸爸拉到街上逛。七点半的样子。看到刚到的《看电影》午夜场。封面上是刘烨、张震和吴彦祖。以及最新一期的《城市画报》。和相熟的报摊阿姨相谈几句，不远处，是夜晚温暖的小吃摊温暖的昏黄灯光。这个城市似乎幸福得不再发生冬二与杏子般的爱情。

回家，八点半。点开暂停。结尾了。杏子被火化的那天，天蓝得似乎泪流满面。冬二的画外音，杏子的骨灰白得像砂。味道却苦涩。

果然有狗。海边。漂亮得好似杏子的笑脸的房子。一个小女孩，走进房子里，看见镜子旁边的墙壁上面，是好多的照片。不是模特的相片，是好多好多的我们的大自然。狗。红色的好似杏子经常开的那辆车。椰子树。阳光和阴影。天空。不蓝。

冬二潜水回来，为小女孩剪头发，小女孩拿出一张明星照片，告诉他想要这个姐姐的样子。一如杏子告诉冬二的她童年时走进发型屋之后一样。

干净的海水。白裙短发稚嫩的小女孩。大狗。滑水板。咸的风。一如千百年来一种味道的阳光。杏子说，喂，冬二，这世界很漂亮。从高度一米所看的世界，是很漂亮的啊。跟你相遇后，我的人生是像繁星一般变得璀璨起来。

美丽人生，是坚强的人生。坚信不会被强大的外力所打倒的人生。是在你受尽磨难之后，会有爱你的人为你带来美丽。哪怕死去后，太阳会将你的故事化妆为千朵光斑，永恒在这个世界上。

冲岛冬二，木村拓哉饰。

町田杏子，常盘贵子饰。

如果下辈子我还记得你

>>>

看岩井的下午

不知道看岩井俊二的片子最好应是什么时候。我想，夜里吗？你会不会有立马神经质地一跃而起，好想好想马上找到中学时期的毕业纪念簿呢？或是翻找半年前好不容易买下的《莉莉周》的电影原声？好像，好像，这一切都不应发生在夜里。

而应是在下午，三点的模样。让客厅的落地窗帘包裹住热情洋溢喷涌而出的阳光。像蛋包饭那样香喷喷。房间里像是旁边站着牵着她手的小女生，暖洋洋，害羞了脸。

下午看岩井，是最好的。看完以后就傍晚了。你可以有足够的时间去翻找毕业纪念册。日记。情书。上网查找有关莉莉周的一切。在下午看岩井，你不会有痛感。《梦旅人》和《式日》。不适合亦会做梦的黑夜。你会紧张地意识到：自己就是可可。卷毛。小悟。也想在天蓝的上午下午翻上墙头。逃出教室或是办公室。大大地舒展开身体。将自己涂成标新立异的黑色。觉得青春很棒。似乎永远都不会结束。

在这样一个下午结束对《式日》的观赏。下午三点。窗外也是热情四溢的阳光。也有窗帘。米色。不长。恍然如某个礼拜天的教堂。阳光透过彩色圆形玻璃照射进来。天堂般美好。一如优美的在墙角偷晒太阳的老太太。静谧。

很高兴看到有导演本人在片子里面出演。他长得不错。完全是艺术家的样子。我偷偷地喜欢上了他。

似乎有些壮，微微发福，黑衣，不懂打扮。似乎在保守地掩盖着些什么。里面的内衣一定已经脏了。

他的表演更像是一场秀。完全本色地出演，台词不多，表情吝啬，木讷的样子。大牌就是这样。永远不会在众人面前表露太多的情绪。他的对女孩的爱情，也让人不能完全相信。呵呵，幸好他的保守出演。完全不能想象他要和女孩亲热的话。会有多少爱着他的女人们伤心呢。

这样的片子必定小众。必定不能在夜里观看。你会害怕。因为那个女孩说不定就是你。孤独。一个人生活。小时候受到伤害。轻微的精神病。女孩丰富多变的打扮一定程度上吸引了我。好奇她的那种头发是怎样梳的呢。红鞋子。红雨伞。蜷在浴缸里白皙的身体。躺在铁轨上面看书。漂亮的女孩。

女孩的家让我感觉好玩而另类。好想也有一个这样的大仓库。在墙角放一张红色的大床垫。睡觉。简单而前卫的家具。光脚在木头地板上走来走去。

够大。

让内心的压抑有地方存放。

喜欢这样的片子。有些自说自话。有些像在夜里的穿衣镜前面试穿衣服。我有我的自由。而岩井还像个没有长大的男孩子。固执地和青春的定义谈着恋爱。泡在一瓶叫做“不想长大”的饮料里沉沉睡去。享受着梦境的快感。然后用电影胶片还原成一格一格的影像。和大家分享。

我想我是愿意懂他的电影的人。他一定谈过失败的恋爱。一定会有焦虑。也或许会失眠。孤独。内向。这些，就是可爱的岩井。

艺术向来就是疗伤的产物。他大多内向。没有人说话。内心丰富而看起来安静。这样的人生。也是我想要的。

几乎看了全部的岩井的片子。他或许离大师还有距离。或许离标准意义上的大师还有距离。他的电影就像是大餐后的小甜品。亦如度数不高的红酒。亦如一场叫好又叫座的小型音乐剧。不会有人在公车上大声嚷嚷。也不会是多数人的饭后谈资。因为，每个人的青春，都是不能说的秘密。

太阳已慢慢西沉。六点。这个下午因为岩井结束得很美丽。晚霞不错。空气清爽。这个晚上，不知要做什么。但肯定的是，临睡前，怀念这个看岩井的下午。

《看电影》VS《电影世界》

一本好的杂志，就是这样令人赏心悦目。我爱的杂志，爱的书，爱的碟，和我爱的衣服，都是我的痕迹。那些杂志和碟片就那样毫无城府地四肢摊开在那里。或许在做爱，或许在写小说，或许在听歌摇头晃脑，或许在洗澡。发现自己又胖了。

杂志比书要漂亮。《看电影》永远是那样漂亮。像《流星花园》里的藤堂静。卷头发。淑女范儿。是最先恋爱的姐姐。她永远说你单纯。帮你挑选衣服。永远比你瘦。脸型永远比你上镜。用城府的眼神打量你。

是的，不错，《看电影》在中国电影杂志中间是最牛逼的。可能购买者最多。但是我不一定喜欢她。她漂亮。就像我不喜欢藤堂静。美女看美女，总是有些排斥吧。《看电影》的杂志美编看来是藤堂静的小跟班。不知是哪里来的。为了美女的光鲜不遗余力。也的确有些不怕死的血性。配色不是红配绿，就是字排得大得吓死你。不过还是会征服你的心。让你心甘情愿做了她的提包男朋友。每个月往里塞银子。

《电影世界》就谦虚而本色。她是那个主动递给你手帕为你擦拭眼泪的女生。如果你过生日，她说不定会悄悄送上黑白的百搭丝巾。哪怕你根本就用不着。她不像藤堂静，送你法国唇膏或是哪个模特走台穿过的过气时装。包装也是富豪档次，摸上去，像到了北极。不禁倒吸一口冷气。还得陪笑脸。心里发誓一定要好好收藏。不要辜负了千金小姐的好意。于是过了多些日子。礼物还没拆。碰了一身的灰。

《电影世界》是《红玫瑰白玫瑰》里的那颗饭粒。白色的。是比藤堂静先有了皱纹的。但也是美女。如果逼急了也会拼命。她还没碰上张艺谋。不然就又是一个章子怡。于是就有了点待嫁闺中的意思。男人往往喜好在她这样的女子身上试试身手。然后在藤堂静身上吮吸那抹蚊子血。

《看电影》当然是好的。往往让你无可挑剔。从内容策划，专业程度，排版样式，照顾周到，都是五星级的样子。而《电影世界》则是鼓浪屿上的家庭旅馆。是小咖啡厅。是小小的木头床。是一杯普通的丝袜奶茶。和爱人坐秋千，拍照。偶尔还会吵吵小架。不过一会儿的工夫，就又和好了。

《电影世界》实在是没有《看电影》那样精准。也显得笨拙许多。不过，她就是在给你用最温柔的方式讲电影。用“从前有座山，山上有座庙，庙里有个老和尚，还有一个小和尚……”这样的方式；用“从前，遥远的城堡里有一个王子，他爱上了一个公主……”的方式给你讲电影；会用“约翰尼·德普出生在1963年6月9日”这样的方式开头。谁都喜欢这样的感觉。逻辑清晰。文字质朴。简约风格。像小津的电影。

《看电影》字太小。翻看起来密密麻麻。文字看了半天，难以畅快而不知所云。又不明明白白地讲道理。

于是总是碍于藤堂静小姐的盛名而又有苦说不出。我从来没有依靠《看电影》而获息大量电影知识。总是强迫自己爱上藤堂小姐。可又无法亲近。每期的电影专题变来变去，实在是可爱。就像藤堂小姐的优点，只是昂贵的名牌总比不上棉质来得舒坦。

《电影世界》实在没有《看电影》漂亮。图片资源也不多。可她就像是你冬天夜里的暖水袋。亦或是一种巴西小甜品。而《看电影》是法式大餐。中规中矩。一板一眼。喝开胃酒之前是绝不能吃鹅肝的。如果不会吃，还会让人笑话。所以，绝不轻松。

《电影世界》每期也有一定的主题和策划。也不错。记得有一期关于日本电影的专题就很好看。也记住了内容。不累。而《看电影》里这个专栏那个首映，文字绕口。比较让人望洋兴叹。当然，藤堂小姐还是相当有魅力的。想要追求她的男孩应该相当多。我们就不用管人家闲事了。

不过，我还是喜欢《电影世界》多年前的样子。一个月两本。薄薄的。普通纸张。我觉得那样的杂志还是很有个性。就像上野树里扮演的琉可。虽不比长泽雅美温柔漂亮，可头发短短的，骑上摩托的帅气模样及率真的性格还是更胜一筹。

如今，在深夜里，我还依稀会听得到美女藤堂静和琉可低声交谈的声音。她们一个是床前明月光，一个是心口上的那颗朱砂痣。

书屋电影梦

书，应该是我天生就会拥有的东西吧。如果父亲是电影导演，也许我现在正是某电影学府的高材生。或者，已经和张艺谋做成了朋友。家里满是父亲与斯皮尔伯格的合影。还不时有巩俐打来的拜年电话。男朋友在黄晓明和陈坤之间犹豫不决。章子怡从国外回来，还会给我捎礼物。从小在片场混玩着长大。看过刘德华的睡相，周迅的落寞。王家卫的《重庆森林》不是前卫，问题是他只会拍那一套。侯孝贤的长镜头很著名，碰上宁浩就不行了。电影节的红地毯也就那么回事。你头一天在贵宾席上和约翰尼·德普问好微笑，绅士得让你心旷神怡。下一秒钟他可能就会接到绑匪的电话，说儿子在他们手里。颁奖典礼照旧星光熠熠，可是我们的德普大哥已经换上牛仔裤，背心里出了一身的汗。

可是，我爱上了电影但命运却赐给我另一样东西。父亲不是电影导演。可他有可能成为一个世界级作家。当然，他也可以是一位全世界独一无二的大师级导演。我相信我的眼光。而我，将有幸挽着他的胳膊一起走上红地毯。他将有人赞助昂贵的不要钱的名牌西装。而不是现在，偏要在深圳的肥佬屋里才能买衣服得够爽。是的，作家始终不如电影导演来得理直气壮。名声显赫。也更加清贫。作家，在这个影音爆炸时代，总显得那么边缘而坚韧。人们常常觉得作家神秘而高贵。可又范着一身严肃和与人隔绝的小圈子。比起一上街就身浸其中的流行歌，晚饭黄金时间就开始咋咋乎乎的电视屏幕，静悄悄有如水仙倔然而立于书架上的文学，大抵上就安分了许多。她就像男人心里分量最重的那位意中人，表面上对其评价冷冷清清的，并不多话。可在私底下的午夜梦回，枕边最想念的，还是那个文文静静，清清高高，不时嫣然一笑的女子。心里念着，却并不过多夸夸其词，就是当代文学贯有的模样。每到周末，书店里还是人流如潮，大家安静各自为阵，姿态各异，这架势，很酷，很教养。让人欢喜。书看得多了，让人不免想象着，那成书精致完美的前身，那些神秘鲜嫩单纯的手写体，或是缺残零碎不成形的电脑修改文档。作家的幸福和不幸，只有他独享。每一个作家无疑都是孤儿和幸存者。关上门独身一人在电脑前，他就是可以飞翔起来的一对眼睛。嬉笑怒骂，低徊哀伤，笔下的人物比他还有主见。作家只是把眼睛里看到的如实陈述。自由飞翔的快感无与伦比。看到女人，他就变为女人。品尝月色，他自己就是月宫里的吴刚。他甚至可以看到清代的脂砚斋，默默拿起毛笔为曹雪芹临摹文章时那团烛火。或是柳三变深夜叩门，一鸾香气靠近，发现女子腰间的珮环轻声作响。而脸上的玫瑰胭脂，竟就是前天送与她的。或是李后主问君能有几多愁的那个月夜，小楼的东风将雕栏玉砌吹得一尘不染。改变了的朱颜还在，而洗脸水已经凉了。

作家，比导演更加自由。阳光照耀的下午，喝过铁观音。关掉电脑，抹抹嘴巴，转身就靠在旧得凹下去成人形的掉皮沙发里。《南方周末》翻完了。闭上眼睛。只消十几秒钟的工夫，《角斗士》就在心里拍摄完毕了。《特洛伊》也在心里拍摄完毕了。一分钟的工夫，《苔丝》的农庄，《小妇人》的阁楼，《罗丹的情人》的性感雕塑作坊，就在心里搭建完毕。三分钟的工夫，加勒比海上的所有海盗，就在心里一一会面。十分钟的工夫，大观园也细细品过。再也用不着做一个电影导演，低声下气找投资，十天半月写剧本，辛辛苦苦片场调度。提心吊胆担心票房。还有可能被古怪的影评人一时心血来潮归纳为年度烂片。

书和电影碟片，可能就是今生我最爱的东西之一。而书，就在父亲的书屋里。每一本书，都像是一部找你来导演的电影蓝本。我在父亲的书屋里一个人表演起来了奥斯卡。摆上木梯，书柜由地面伸往天花板。二十平米的书屋就是奥斯卡的舞台。挑书，翻书，看书，不就像由字符和语言孕育而成的中国的外国的导演们在向你结结巴巴地陈述他的拍片思考么？那些书，都是每一个她。她小心翼翼，谨慎细微。就是怕你的眼睛从一排排书脊中匆匆掠过，害她成了剩女。嫁不出去。父亲的书屋里，恐怕已经剩女如酒，越老越醇美。太多的书，我还没来得及宠爱。甚至君王喝叫一声“抬起头来！”的机会也没有给人家留过。上万卷藏书，东宫西宫里养着。哀怨与落寞多了，她们的处子之身，渐渐氤氲出一股坚韧与悲惨的体味。那就是书香。书香浓得过度，也就成了藏书。也就成了旧书。被父亲日日夜夜从网上与别人争抢购得。开心地用剪刀小心撤下包装书皮。像水里的月色，一排一排老得涅槃成了绝色美女，被父亲一个人宠幸着。他好比返老还童至二八年纪，荷塘月色，卿卿我我。大红灯笼高高挂。好不惬意。

于我，书屋是片场，是澡堂。是工作室，是咖啡厅。是佛堂，修心养性，长命百岁。父亲常常坐于电脑前，我回家来便直奔书屋，父亲的体形敦厚，已然是一幅电影剧照，这部电影长达我的一生。至今没有杀青。

看书，也是在看父亲的生命，看书面温柔覆盖着的父亲轻轻淡淡的八十年代的指纹。看他的胡茬由黑变白。看他的笑靥如花。荡起一池皱纹。握着父亲的书，也就如同握住了父亲的幸福。他的小小的柔弱的心事。父女俩的天赐之亲。无与伦比。

看书，电影也就一部一部地拍出来。《倾城之恋》给电影《人鱼朵朵》的导演李芸婵执导，想必白流苏一定说着大 S 的台湾腔，范柳原抹着吴尊淡淡的发型水，帅到不行。《上海魔术师》则交给电影《海角七号》的导演魏德圣，想必茂伯的胡琴也弹到了旧上海。想必海角七号就隐藏在某条霞飞路的旗袍裁缝店隔壁。整部电影洋溢着海水的咸腥与王璐瑶的明星梦。《黄金时代》一定要给杜琪峰。看王二是不是也要变身为

《枪火》里的型男，而陈清扬当然由林熙蕾扮演，王二就找内地的范伟吧。这是现当代小说。至于外国小说，似乎就需要一点点国际合作了。李安也许可以借此再次问鼎奥斯卡。《伤心咖啡馆之歌》主题伤感，氛围诡异，蒂姆·波顿最合适执导，他导演分镜头画纸上的那个小镇咖啡馆，是不是剪刀手爱德华和女孩薇诺娜·赖德谈恋爱的约会地？那个古怪的爱密利亚小姐，喜怒无常的可爱的可怜的孤独的女孩，不就是波顿眼里最美丽的老婆海伦娜么？至于《雪国》，给岩井俊二试试看吧。在汤泽的叶子和岛村，会收到另一个也叫叶子和岛村的情书么？就让苍井优和藤木直人来饰演吧。而法国小说《变》，布歇尔的《变》，就让大卫·芬奇来导，或是汤姆·提克威（作品《罗拉快跑》）吧。是不是有些像《大象》的风格。镜头一直跟在主人公的脑袋后面。世界唯"你"独尊。或者，它会是另一种《苏州河》。镜头略过女人的裸体，罗马式建筑，巴黎郊区。车窗上面的不规则水辙，暖气铁皮，还有苹果核。

渐渐的，我长大了。我将也建造一个我的书屋。一个又一个男朋友被我领回家，给父亲过目之后，就养在书屋里。今天累了，就看看马家辉。明天有劲儿了，就到瓦尔登湖去和罗梭牵牵手。或是去契诃夫那里，看他被爱情羞红了的脸庞。

文艺青年的宠物物语

我是杂志狂。我喜欢逛像儿童糖果一样五彩缤纷的杂志摊。它们像等待出售的新娘或是新郎。衣着光鲜。表情矜持。上面的美女们像一个王者那样笑傲这个世界。好似没有一丝烦恼。

我像小女孩收集洋娃娃一样收集着我的杂志。它们像洋娃娃一样朝我挥手。是一些年仅十六没有谈过恋爱的女孩子。是一些自信果敢打扮朋克的女孩子。是一些剪着男仔头抱着吉他弹唱的女孩子。我像个正值青春期的男孩子浑身燥热，一边独自打着篮球，一边暗暗喊着心爱女生的名字。每次来到杂志摊前，都是一次紧张的相亲。我像个高高在上的帝王一样挑选今天独一无二的王妃。她们身价有别。有个头高挑的。有胸部丰满的。却都是清一色的黄皮肤。她们紧张地等待着我的裁决。我也被她们盯得紧张。我手心出汗。不知所措。我仿佛是贾宝玉的来世。我想我应该是一位园丁。整日与她们厮守。像一位真正的佛者顿悟了世事。生死有命。

我喜欢新杂志像一只宠物猫一样被我抱回了家。然后它就和衣服和 DVD 碟一起成为了我的新宠。我喜欢将新杂志随意摆放在被单上慵懒，四肢伸开的样子。她们很好地融入了我的房间。性格温顺体贴。不说话。只是睁着大眼睛。一会儿，她们睡着了。

她们在我翻开她们的时候再次醒来。我闻得到她们身上浓浓的体味和刚醒来时的错愕。她们被我养得白白胖胖。完全失去了当年身体婀娜多姿的美态。她们就像娶进门多年的小媳妇。腰围渐粗。喂过奶之后胸部变大下垂。没有了当年的光彩。

她们在我的身边命运多舛。过不了几天，我又会去杂志摊前。找到新的不曾见过的美丽女性。也许，只是看中了她的性感的锁骨。也许，只是她结实的臀。带回家之后，我购买的快感很快便失去。新杂志看不了几页，便再由新的一期杂志所替代。

我便这样花钱如流水。这些漂亮女人随我回家，又被我再次冷落。我享受着帝王般挑来拣去的奢华生活。心冷如铁。

其实，不止是杂志。女人的衣服，鞋子。文艺青年的碟片、画笔、手机、电玩……都只是我们的宠物而已。

在夜里，你听到了她们的窃窃私语么？

天使在我们身边

要相信，电影是神奇的，同时它也是最平凡的。如果你曾留意并关注一部电影的制作过程和花絮。失望的情绪会渐渐弥漫。演员会在结束一个简单表情拍摄之后突然大笑起来，和旁边的工作人员开起了玩笑。还会跑到监视器前面看刚刚完成的效果。并且和戏里面的女主角完全不相爱。矜持和职业的交际方式。我完全不能容忍电影里一个美好安静的画面完成的实质是和一大帮大老爷们相依而成。那根长长的毛茸茸的录音的家伙真是煞风景。还有那些身材平庸的化妆师，能和你喜爱的明星挨得如此近。肌肤相亲。并且，戏里面那个演得蛮窝囊的男人，在戏外是你意外的好男人标本。你会放松。哦，那场血拼是假的啊。但是在心里最深最遥远的地方，你希望那并不是电影。不要出现一大堆冗长的演职员名单。让你的梦破碎。将你刚刚浸泡到营养里的美丽用冷水稀释掉。电影永远不要主创人员见面会。你会疯掉。哪一种你该相信。哪一种你该学会释然呢。可我，又是那样想要看一看生活里真实的他们。因为，我们终究要回到这个恶俗而平庸的世界里。

几个月来，认识了一些以前不知道的电影人。心里为他们而纯粹。哭泣。享受。美好的时间。如果用水盆来盛，是不同的颜色。如果结成冰，会折射出不一样的光华。

有些男人，是注定干干净净来到这世界上的。他们注定要让其他人站在他们身边矮掉一截，黯然失色。而他们的心里，也许和我们大家一样呢。怯弱，无助，失恋，被骗，孤单，无聊。在无人的地方不经意地放一小声臭屁。早上醒来口腔里不洁净。袜子会散发不好闻的气味。牙齿上面会粘上吃饭时留下的青菜叶。只是，心里的另一个自己却懂得不让这些在公众的面前呈现出来。所以，任何的大师，都不一定是幸福的人生。千万影迷在不同的时空里看到他们的电影。却不见得会真正认识这样一个生命个体的真实。他生病了，躺在家里昏暗的卧室里，妻子已去世。一些电影后辈们打来电话问候，却仍无法阻止他一个人捱过这样的黑夜。仍旧会哭泣，孤独。也许几天后的某电影节即将颁发终身成就奖给他，而他此时此刻心里最想要的，只是能够独自起床，来到阳台，看窗外的星辰。享受一口牛奶的美味。或者，他们还年轻，却要熬过无数的审查和禁忌。小心翼翼地期待在电影节上能扬眉吐气。可惜那个他应该获得的奖项却因为不懂得上下打点或不符合评委的惯常审美而丢失。电影节，只是一场华丽的走秀和荷尔蒙的勃发分泌罢了。好的电影，始终在每个人的心里。

洼冢洋介。永远无法征服的男子。他是天使。2004 年的意外，让他在天空中飞翔了起来。他和要带他走的天使们说，我不可以走，无法放弃。他的锐利的小眼睛，脸上的黑痣，嘴角一抿的淡然。天生的小朋克和艺术家。他来到这世上，主要任务不是庸碌人生。不是恋爱生子。不是矮小和丑陋。他是带来美。带来给予他人的愉悦与安静。带来老艺人手下的糖汁随意营造的甜。以及收获赞美，爱和苦痛。是他对你微笑时，天都绚烂起来了般的美好。

喜欢看德普走路的样子。有点外八。有点糊涂。他一定不是精明的男子。他一定会定期觉得孤单。并且在电影首映仪式上面，内心还有些小小的紧张。所以他戴起眼镜，不让自己受伤。他穿破了洞的牛仔裤，但在红地毯上亮相还是可以穿起帅气显身材的礼服。他一定会定期流泪。多多少少会让合作的人感到孩子气和逼人的才华。他让一个身处亚洲的女孩感到安全和温暖，那是在她最无助的时候，她看他的电影。在深夜里，绝望的她放他演的碟。他的声音在房间里回荡。仿佛在和他单独约会。在电脑前面聊天。在视频里看到他的样子。仿佛那些时刻，他就是属于你的。

伊莲娜·雅各布。她的生命只有一次。便是两生花。于是她在每一次影迷播放该电影的时刻里重生，此后便不再有关联。因为，美到极致的东西往往只是一瞬。

她无疑是乖乖女，恋爱顺利，男友长相体面，追求者也实力不俗。结婚生过小孩之后便开始发福，迅速衰老。成为平常的妇人，美貌不再。

喜欢麦卡沃伊。不知为什么，看到他脸就会红。因为，他真的是我喜欢的那种长相的男生。他，一定不是明星。而就是读书时期曾经邂逅过的男孩。住在离你不远不近的街区里。成绩中等偏上。比较内向。不太敏感的人根本觉得他就很一般。轻描淡写地忽略掉。而我却可以一眼就能识得他的秉性和优秀，暗恋他，看到他脸红了我也脸红了。从来不会向女生明确表白的男孩。轻微的自闭。家庭的变故。有一个姐姐，已经结婚，平常的女子。他的一生一定会吃一些苦。三十岁的时候便开始老去，有些发福，不再是清秀的邻家男孩了。中学时期过去十年之后你再见到他，客气而温吞的男人。家里的女人很厉害。已经死去的男子。

丽芙·泰勒。最近没多少她的作品。而她在《偷香》里的表演，让人记忆深刻。美腿，厚厚的嘴唇，深凹的眼睛。是智商不高也能成名的女人。这个世界，智慧有时往往是一种羁绊。下半身的直观有时更容易让人认可。泰勒仿佛是乖巧的女孩，美而不露，糊涂的美，带给她在这人生里的好运气和顺境。没有人会责怪她的懒惰。仿如天使有时也会射偏了箭。

伍尔芙。成功的作家和不成功的女人。事业和幸福。如果你有了小孩你会怎样规划他（她）的人生？是简单地健康地长大成人、结婚生子，一生一世；还是学有所成，阅人无数，经历风波然后大器晚成？其实有时候，天才就是天才。不会因为你虔诚地祈祷而改变分毫。她经历她该经历的。让她感受了大多数人感受不到的痛与美，才会写出作品。这样的苦，是一件她生来穿上身的华袍。它带来的美与代价，正是天才的代价。

伍尔芙终身疾病。正如电影里看到的。妮可饰演的作家。与这个世界是那样的冲突和对抗。因为，这个世界上，是沉默的大多数。

看不见的卡尔维诺和那些城市

可以想象卡尔维诺是这样的一个。白人，身材比较高大，心软，找的女友比他要强势，很少吵架。穿灰色的棉袜，黑皮鞋。对陌生人表现出宽容和善感，有些小小的情绪化。当然，很少人知道这一点。做爱不喜欢经常变换体位。喜欢吃面条。有时因为对人太友好反而有些小怯弱。曾遭到过不明身份的人或是精明狡猾的朋友的利用。穿深蓝色裤子，西服。睡觉有些微的鼾声。结过两次婚，都是女儿。女儿也很出色。不过资质比较一般，脸上长着雀斑。性格温柔。卡尔维诺的房子不大，木质结构。有阁楼，客厅比较杂乱。妻子不擅于料理家务。他经常一只脚穿这种颜色的袜子另一只脚穿另一种颜色的袜子。不过，穿起正经西服也比较英姿勃发。不少少女及性情的小少妇迷恋着他。他也常有过性幻想。对象是他的初恋小女友。长相难看的小个子女生。可是她身上散发出一种味道，让他迷恋。好像是一只猫终身迷恋着秋刀鱼的腥甜般。

他和文学朋友们聊天的时候声音磁性而魅力，微笑的嘴角弧度恰好符合黄金定律。大多数女人只能擅长于暗恋他而无法找到接近他的办法。他只待在他自己的世界里，他只待在他满意的城市里面。哪怕这样的城市垃圾满地，喝不到正宗的咖啡，女人身材肥胖。但是他认为这样的城市是轻盈的，隐蔽的，名字是漂亮的少女。眼睛在黑夜里像工人敲打出来的玛瑙。依然有坟墓，只是死者不寂寞，因为地上还有另一个他。终会毁灭的城市，真实而生机勃勃。他应该喜欢这样的城市。

他有时也会为了内心有些小小的欲望而自责。在有些时候，他还会无聊、空虚，做些小孩子迷恋的小游戏。有时候开着电视，坐在客厅里睡着了。有时候这颗扣子扣在了下面的扣眼上。阁楼里的檀木箱子里是他少年时的涂鸦和梦话，他视若珍宝。在梦里会梦到自己写的戏剧在剧院里大卖。和与之相关的噩运。会经常梦到自己生病，在昏迷中看到死神脸上的皱褶。然后随之而来的是自己旅行，从这个城市到那个城市，那是他的《看不见的城市》里的城市，他在梦里将它们建筑完毕，依然会充斥着教堂和妓院，酒鬼和处女，骑士与乞丐。有些在空中，摇摇晃晃。有些房间里的泥土一直塞到屋顶。有些在运河上建满了各式各样的桥梁。然后中国的皇帝和聪明的马可·波罗在这些城市上空上演着话外音和独白。好似天使般。

卡尔维诺小心地书写着这本书。因为他要达到这样的目的：写尽了所有的城市，东方和西方，任何现状和未来，肌理和表象。那是这个世界上真实的城市里没有达到过的美丽。和具备的丑陋。他好像要让所有后来的人都满意他的设计师身份。在这个地球毁灭之前不再出现第二人。

卡尔维诺睡着的时候，东方人已经开始第二天的生活。世界的城市不因为他的睡眠而停止生长。垃圾也正在膨胀。而那些看不见的城市，在每一个读者的心中，开始有了它们自己的形状。

那一片轻轻晃荡的海

现在，窗外的太阳已经西下了。在武汉的窗外。太阳像一口大钟，红色的血淋淋的大钟，恋爱的人在恋爱，没有恋爱的人依旧着。你呢？你在恋爱么？你在太阳里微笑。在天堂里种着麦地。爱着你的四姐妹。埋藏下你心爱的亚洲铜。你的世界里一切时间都是太阳，明亮耀眼。从东半球到西半球。你在金字塔顶端凛然饮酒。在希腊神殿搂着缪斯亲吻。在青藏高原牵着美丽苍白的奶牛，走向月亮形的山峰。身后是你的女儿和儿子。你 1989 年的影子，是二十年前的你。太平洋还是那个太平洋么？

书店里看到你的书。像一个海子吸引着另一个海子。许多个海子在那一瞬间复活。然后，我将书籍和影碟高高堆起，遮住了窗户。像一座青藏高原。我不是倾心于死亡的海子。我爱春天、夏天和秋天。热爱我城中村里黄色小灯亮起的家。里面有红色的躺椅，靠着看书。我有高高摞起来的影碟，电视，书。还有，孤独而灿烂的前程。

你由天梯迈向天堂和太阳的时候，那一夜，我在安睡么？有人在过生日么？女孩和男孩在亲吻么？世界为你清理干净了现场。你开始安静地慢慢攀援。像一片海洋蓝慢慢上升到夜空里。那一夜，我睡得不安生，几乎就在同一时间，我又增高了骨骼。梦见一只小花猫。还有，洋娃娃和帅气班长的脸庞。厨房里水龙头在滴水。书香阵阵。弥漫一股乱七八糟的香味。

我在安睡，《青苹果乐园》刚放完。男孩们在墙头盛放，被子是不会老去的美丽处女。我开始发芽了。头发变成了树叶，两臂变成了树干。用我美丽叶子缠绕你的竖琴和箭袋。是你所热爱的少女。

你的孤独是我的孤独么？你的孤独在先，我的孤独在后。我在我的昌平里寂寞生长。你已经树立好了榜样。没有你的诗的日子里，武汉是另一个昌平。那所学校，那个街区。那些牛仔裤商贩和流浪艺人。街边的发廊和五金商店没有丝毫美感。而作家就生长于此。灵感在蛙声阵阵的午夜敲门来访。你们泡好一壶茶，无声倾谈。我在我的台北，听冬季的小雨。

你是六十年代的海子。我是七十年代的另一片湖泊。和青草地。漂亮而秀气的海峡。我们迷恋香港和橄榄树。我们没有《今天》和朦胧。没有麦地和女神。我们在政治课上学习一国两制，在卡拉 OK 里练习吻别的技巧，在挪威的森林里茫然。却迎来了迟到的凤凰边城和一炉从容淡雅的沉香屑末。我们不戴眼镜不读诗歌。在 LOMO 相机和网上购物里寻找我们的麦地和草原。在电影节红毯和咖啡厅里书写现代史诗。

今夜看你的诗。一个笨拙可爱的少年，笑得像一匹花斑豹。脆弱而珍稀。你的诗是你的脸庞，是你的身材，是你的一举一动。是你，蓄得小心的络腮胡。是你，印刻在这地球上的千年化石。古老的。新鲜的。像千万头小兽披着金光闪闪的皮毛奔跑起来。像一颗倔强的偏执瘦小的头颅，高高抬起。

今夜的诗是另一种果汁，是另一种茶水，是另一部电影，是另一次旅行。是一个亡灵带我周游他孤独而华丽的城堡。默默地激动地唠叨。不时结巴着。脸已涨得微红。眼神温柔。这已经绝迹了的。也曾与我生命中邂逅过的。

已经过去了的，已经过去。每一个明天都是早已注定流逝过去的昨天。海子是八十年代的海子。就像麦地和太阳注定是金黄色一样。就像海子今夜在我面前复活。成千上百个海子已经复活。在这生机盎然的秋夜。这是，整个八十年代应有的骄傲和徽章。

海子已经不属于这个时代了。可是他书写的平原和河流、太阳和西藏，在我们的眼里，依旧触手可及。海子写在秋天的花楸树，依然触手可及。我们依然爱说，从明天起，做一个幸福的人，喂马、劈柴，周游世界。依然希望，面朝大海，春暖花开。

今夜读海子，就好像被一片大海拥抱起来，轻轻摇晃。久违的浪漫与诗意，在这个已经离开我们二十年的今天，微微在湖中心荡起了涟漪。

男孩周杰伦和那些电影

如果这个时代没有周杰伦。如果周杰伦出生在四面楚歌的年代，如果周杰伦是五四时期的进步青年，是否会出现在李安的电影里。如果周杰伦是张艺谋的同班同学。如果周杰伦是金黄色头发深蓝色眼睛，整晚听萧邦的夜曲。

如果周杰伦的妈妈不叫叶惠美。如果方文山一百年之后出生。如果七里并不飘香。如果幽默并不黑色。

如果我们并不拥有周杰伦。你是否会欣赏青花瓷的美。是否好奇尝尝爷爷泡的茶。是否会偷偷去遥远的地方，看一看白色的风车。是否会看看喜欢的女生的头发，是否白如飘雪。或者看看隔壁的三年二班，会否有那个喜欢唱菊花台的男生？

周杰伦没什么了不起。他不帅。单眼皮。会玩篮球一身臭汗。会让爱他的女生们伤心。会让寻找他的女生迷失。会让满街都流行起黑色毛衣。会让男生们恍惚全世界都是可爱的女孩子。

相信他今晚一样和我们贪恋看一部好电影。想想谁都不认识的心里最留恋的那个人。想要一个人发发呆。在简单的快乐里微笑。换好几个姿势睡觉。打打呼噜。指甲又留长了。

但是请相信他瘦瘦的身体里是一台老式的留声机。和一个穿上红鞋子的舞者。一旦穿上就停不下来。

如果你爱过穿黑色毛衣的男生，闻到过《七里香》

的旧书香。悄悄在心里偷牵过桂纶镁的手。你一定留心过他。说不定还看过那部有关秘密的电影。偷偷学唱那些口齿不清的歌曲。

外婆。听妈妈的话。爷爷泡的茶。可爱女人。娘子。爸我回来了。仿如那部黑白色彩交错的好似泛着淡淡木头过期味道的电影《我的父亲母亲》。爷爷泡的茶好似飘香了好多年。外婆也曾是漂亮的姑娘。外婆也曾似你偷偷留恋好久的那个女生。皮肤白皙。穿着花衣裳旋转在她欢喜骄傲的青春世界里。再也没有人能阻止她灿烂幸福地微笑。仰头在阳光里。漂亮过你曾经见过的任何一个女生。

可现在她是另一个样子了。也许只能呆呆地看着爷爷用过的茶杯。皱纹是她最美丽的盛妆。在黑白片里。是另一个世界的她。这黑白里好似也织进了别人无法察觉的阳光七彩的美丽。她丑丑的了。任何一个女生都会丑丑的了。可是，她的心里装着她的爱情。她照镜子。如同我们走进电影院。外婆将是每个女生将要到达的美丽。

如果你从城市出发。一个人孤单出游。看这世界的美丽和丑陋。不管怎样，你都是幸运而饱满的。如果你到这个城市的远方。看不见海一样弥漫的城市骨架。看不见黑压压淡漠无声的城市人流。看得见刚从鸡蛋里分娩而出的新鲜阳光。和有着迷迭香的菊花台。

星星在夜晚灿烂绽放着晴朗。脸颊像田里熟透的番茄。还有那棵在佛前求了五百年的树。长在你必经的路旁。阳光下慎重地开满了花。香透了一地。

那一定是个《阳光灿烂的日子》。你和朋友们逃离出城市牢笼。游走在这个盛夏里阳光绽放四溢弥漫到的世界边缘。你心里装着一个女孩。在那个美好忧伤的湿漉漉的阳光里，一切让人头晕。坏坏的让你疯狂的可爱女孩。是那个年代那个亮得让你眼前发黑的日子里最隆重的仪式和纪念。

如果在这样一座《玻璃之城》里。是黎明和舒淇在香港偷会时的玻璃房子。你会怎样想像它里面的样子？博物架上搁着漂亮的青花瓷。餐桌上是刚刚烤好的麦芽糖。卧室里安静摆放着刚刚晒好的喷发着阳光气息的黑色毛衣。女人头发在月光下发如雪。是校园里那个长头发坐你的单车一路吃着冰淇淋张开嘴来灿烂微笑的女孩。那个将你送给她的玫瑰花放在装有一片阿斯匹林水杯里的女孩。那个你将你的手掌做成模型在雪夜里送给她的女孩。那个你们一起在 1997 年的新年夜里坐车兜风然后漂亮一跃，果敢凄决干净地告别了这个世界的女孩。

而你还会在某个平常的时候，经过那所玻璃房子。院子里有白色风车在慢慢摇曳。房子里似乎散发出一种温暖。一种蜜香的爱情发酵在空气里。女孩还在。

一切，都如你想象的那样。

最后，该说说男人的周杰伦了。会舞弄双截棍的周杰伦。在京都的居酒屋里喝味噌汤看忍者蒙着脸闻见榻榻米稻香的周杰伦。晒成一身古铜、用拳打开了天化身为龙的周杰伦。单手过人运球，漂亮的假动作帅呆了的周杰伦。在《霍元甲》里看小城岁月流逝，冷笑江湖骄傲活下去的周杰伦。一个普通害羞走过你我身边带走一丝微风微笑腼腆的大男孩。

如果你想要去寻找周杰伦。不必一定去看那部电影。那个你身边看起来怪怪的男孩子，爱着你的男孩子。握着他的手，一起在这个冬夜相偎。放着他的CD。就好。

另一种活法

看完了小说《活着》。然后重看电影《活着》。就是几天的工夫。看小说《活着》。脑子里就有了一部电影。像是福贵活着的农村。那样的农村，是我们在春游时分偶然拾得的。是我们乘火车，在一个人托着腮帮子看着窗外发呆时了解到的。是我们回乡，到爸爸妈妈当年插队的农村忆旧时看到的。是那样的生机盎然。虽然空气里有点臭臭的。可是，欢喜，大气，像小孩子般。有自然红的脸蛋。这是我们看到的《活着》。它隐藏在天机当中，幸运和不幸，让人无法分辨。如果是电影的话，当然，是一部浓厚的农村题材电影。我对农村不熟悉。电影就凭从小到大看过的乡村以及乡村电影来做底子。当然，主角是不是起用葛优，龙二得由谁来扮演，是我们的事情了。

如果这样，那么电影估计没有多少票房。就连农村出身的张艺谋也放弃了沿用原著的背景。聪明地将福贵和他的一生放在了一个小镇上。回避了一日一日重复原著中种田的单调生活。不知道为什么余华要将主人公的一生放在乡下。是不是这样就更能体现底层的老百姓？

电影的拍摄是成功的。之前看过了原著小说，相比较下来，电影《活着》已经独立出小说，成为一个崭新的个体。所以，你看不看小说，也能了解到当时写作时的余华，他大致的思想，和要表达的。这就是最成功的地方。甚至，影像要比小说来得生动和真实。

那些我们熟悉的生活场景，聊天、寒暄、愤怒、喜庆、悲伤，我们看电影，就仿佛站在福贵和家珍面前，他们的眼睛，说不定下一秒就看到你，要和你拉拉家常呢。小说是剧本，让读者自己来导。所以，小说和电影似乎是不一样的。因为小说中的福贵就是每一个读者自己，他由谁来扮演，读者自己说了算。但是当我们看了电影，才好似恍然大悟道，呀，葛优，像！

所以电影是张艺谋理解的《活着》。我们大可以想象我们自己心中的《活着》。

我心中的《活着》。并不是福贵的亲人一个又一个地死去。并且死得凄惨，可怜。以此来凸显出福贵一个人活着的意义。两个人就不是活着了吗？难道活着的就只是福贵这样的穷人么？难道贫困、家道中落、生病、劳累，死亡，就是唯一的苦难么？是不是活在动乱年代才是真正的不幸？不，幸福和不幸从来不分年代。谁能说福贵的一生中没有幸福过呢？哪怕现在人们的生活过好了，可是，现在的我们也要活着。我们是另一类福贵。富人也要活着。谁没有苦难？孩子们衣食无忧，可也苦恼着，孤单空虚；抑郁症患者住进了豪华的医院房间，学生们上课到夜幕降临，他们没有时间玩耍和睡觉，仍要一天一天地撑下去。死去，也是另一种活着。张国荣死了，可他还继续活着。似乎还免了生活里的繁琐。有庆小小年纪死了，未尝不是另一种选择。

活着，更难。

余华写到了一种极致。福贵的家人都死了，只剩他一个。他的家人们经历了人生的苦，最后只能孤独地死去。活六十年和活一天，都需要忍受。一天又一天地过去，才能证明我们正活着，有时候，活到六十年，却仍在想念以往某一天的精彩。可谁能说，活六十年的人就一定快乐？

活着，还是一个人的战争。人的身体里同时存在着两个人。他们彼此共存，又让你左右为难。让你无声地撕扯和尴尬。独自处理。前男友的婚礼，去还是不去？家里为你安排了相亲，见还是不见？那些讨厌又甩不开的饭局，那些不得不喝的酒，喝还是不喝？漂亮的鞋子，喜欢但挺贵，买还是不买？你的一生，就是悄悄地在心里彼此开战着的两个自己的战争。这是个杀人不见血的世界。福贵比我们幸福。

活着，只能是一个人的活着。你做不了别人。你一生都在体验你自己。从你出生起就开始了。有时你厌烦了。还得活下去。还得扮演下去。有时候，还得为了尊严与荣耀而战。世上出现了一个新词，争气。你得把你这个人做好了，多少无奈；多少障碍。我们的每一天，都在硬着头皮上战场。

活着，你优秀，却总有另外的人比你做得更好。这就是这个世界上的规则。正因为这世界上的人们永远不满自己，不断进取，才有了这世上的奇特。有时，你嘲笑人生里的枯燥；有时，你被它苦心构思的逻辑震撼。

活着，没有所谓的名人。那些被年轻人追捧的明星，大家都得吃喝拉撒放屁打呼噜。真实永远远离你。不要轻易相信他人。不要轻信其他人的活法。有时候，你比明星更好看。

活着，有时候你的命得让其他的命活得更好。这时活着就有了点味道，有了点色彩。有了活下去的斗志。捏在手里也实实在在的。

活着，要学会在苦难中活下去，也要学会在幸福里活下去。因为我们要好好贮藏那些为数不多的幸福时刻，以备在苦难的时候救治疗伤。

电影《活着》为我们讲述了一个苦难的故事。而小说《活着》则为我们讲述了千千万万个苦难的故事。因为，当我们在阅读的时候，我们会因为自己的苦难而哭泣。只是但愿我们不要在若干年后，面对来访者，只是和一头老牛相依为命，凄惨地讲述自己的故事。也许，我们要开始着手撰写另一种《活着》。幸福的活着。因为，活着，真是一件让人高兴的事情。

如果下辈子我还记得你

城市里，总有一个角落是独一无二和有着惊人的美的。我喜欢找到这样的美。惊艳地发现它。欣赏它。它有时比一个普通的美女更让人受用。

我喜欢看旧房子的公寓楼。面街的。一定要是旧的才好看。它的阳台。没有空隙。一个小格子接一个小格子。像笨拙而老实的蜜蜂一辈子构建起来的蜂巢。它无疑是一个刚刚参加选秀比赛的少女。清纯简单而有时还会有些傻傻的。可就是让人喜欢。

我总是站在街头，昂头看那一整面小阳台。灰灰的，像鸽子的毛。每一个小格子都靓丽无比。它无疑也是一个混迹社会多年的女子。只是，还没有世故到不可爱。总有些生性本来的质朴和笨拙。上面是她们每个人的伤疤和勋章。也是她们一个一个傲立人世的花的姿态。它们让我想到女人成熟起来以后的乳房。在喂养孩子时是她们一个人精彩上演的独角戏。她们像一个真正的艺术家那样解开衣服让人观展。每一个都卑微而自在。她们自小生长在土里。立在空中对着人群散发出强大的泥土的清香。像一朵百合那样向每一个经过她面前的人微笑。她其实不是美女。但是她们浸润了小户人家的娟秀和内在。她们大多已生了孩子。皮肤已不再白皙。我不知道她的美还可以坚持多久。我不知道她们还可以抱在一起相依为命多久。我拍下了她们。我无法在不多的街头的短暂时间里去完整地看全她们的独特。我像个花花公子。我每一个都想要。我只能简单地拍下她们来。这些已不再年轻的女人们。她们的绝色会在多久的将来轰然倒下呢？

老房子的美，像一个老江湖那样刻之入骨，深入人心。如果说老电影有人收藏，死去的歌手有人纪念。经典的书籍有人再版。那么这些在你的生命里终生劳苦的老仆，你是否忍心将她们杀死并肢解？我喜欢拍老房子。有一天它成了废墟我更爱。我好想站在一堆废墟里，站满一个下午。我是否会闻到老祖母烧好的米汤香。还有下午在巷子里由远而近的磨刀师傅的吆喝。还会围到转糖师傅的身边，满心想要得到一个板龙兴奋难耐的欢喜。我将要陪着我的老祖母，对她说，如果下辈子我还记得你……

淘碟记

电影是一场特殊的睡眠。睁着眼睛的睡眠。也是一次五彩斑斓的两个小时的人生旅行。你坐的不是飞机，也不是热带丛林里的大象。你不需要为明天在男友面前亮相穿哪条裙子发愁。也不用考虑开车行走在阿拉斯加的高速公路上突然汽车没油了怎么办。也不用撑着伞在冷雨中发抖才能看到男女主角雨中分手的内幕。甚至，你的四周并不是黑压压一片的陌生人。也没有扫地的大妈在电影结束之后横空出世，破坏你独自看完字幕并且不舍离去的小资心情。起身喝水错过的镜头，还可以时间倒流让男主角含着泪重新表白。字幕升起之后可以定格慢慢欣赏演员表上是谁谁谁饰演了你心爱的角色们。之后，你回到菜单，大拇指一按，可以看到电影身后最真实的感动和释然。你看到导演现身，在电影大功告成之后优雅地坐在镜头前轻松地谈论电影的拍摄感受。他的脸很干净，让头发在棒球帽下面文物出土，呼吸新鲜空气。穿的是太太刚刚熨好的格子衬衣。男人上了年纪看起来更让人销魂。花白的头发最性感。最好还是胖一点，有些小肚腩。张艺谋太瘦。不好看。陈凯歌刚好。现在的样子比1978年时的小子模样更酷。1978年那时候像个没什么大出息的街头待业青年。雄性激素旺盛喜欢招惹小姑娘的大小伙子。让人担心他的前途造化。导演们气定神闲，波兰斯基现在有点正经牧师的感觉。也不再躁动不安了。女孩子们和他喝咖啡，也能踏实下来。她们只喜欢他的电影，崇拜他。可不想看他脱掉衣服的样子。

很高兴，彭浩翔的几乎所有电影 DVD 里都附有他的电影拍摄花絮。他说过，不看电影花絮的影迷是无法让人理解的。我爱看。我非常爱看电影拍摄花絮。我常常会睁大眼睛，不错过任何拍摄现场搜索到蛛丝马迹。我发现电影片场的女工作人员总是难找到漂亮的面孔。她们穿着随意，长相普通，脸上布满小雀斑和青春痘。化妆师堂而皇之地在你崇拜的男演员脸上鼓捣着。离他那么近。为什么她可以自由骄傲地身处片场，不露声色地潜伏在帅男身边。而不是漂亮的我。片场永远人员混杂。看来一个简单的镜头拍摄起来总是费尽周折。各色人等在片场晃荡。像在晾晒时髦和魅力。你永远也等不到真正拍摄的时机。你永远也无法真正洞悉那些剪辑之后流畅干净的镜头组接是怎样在那种乱糟糟的片场拍摄完成的。你心有不甘。可是电影人总是那样狡猾。花絮也只是花絮而已。它是一篇小说击中要害的引子。是马戏团表演幕后掀起的一角。你永远不会比好莱坞更聪明。

淘碟的时光，恍如泡澡。那个小房子里，四周从地面摆放到房顶的碟片，像是一池温水。男男女女都泡进去，煞是热闹。也不失安静。总是静静地。只有楼底下的 CD 机里放出周杰伦的《稻香》。不一会儿，又换了。是陈奕迅的《倒带人生》。再换就是五月天。

收钱的小女孩会跟你推荐，新来的有许巍的CD，要不要买啊？跟你打折呢。只有人多的时候，水池里同伴之间低声交谈几句，说道，这个不错。你看了么？有穿肥大校服的中学生来了，一进来就叽叽喳喳。她们多是挑选《斗牛要不要》。或是《命中注定我爱你》。喜欢张韶涵和罗志祥。绝对不会挑《闯关东》。也不会挑《奋斗》。前者太恶心。后者又过时了。佟大为终究比不上某某国的王子吴尊来得洋气。现在的中学生们，眼睛可是毒辣的。性格软弱一点的都不会放在眼里。其次，就是日剧。时下她们爱上的，是山下智久和龟梨和也。《野猪大改造》才是她们生命中不可言说的感动。长泽雅美那样的美女也让人讨厌。小栗旬有些清高的样子。松本润长得怪里怪气。新垣结衣还是个没长熟的小模样。三浦春马很酷。崛北真希很有潜力。短头发很精神。这些她们都会小声地谈论着。澡堂里就有些躁热了。水温升高。有些夏天游泳池里的意思。难免，你的腿碰到他的胳膊。你从水里一抬头，恰好看见她和他偷偷接吻的脸。不过，泡澡，讲究的还是自己舒服。是的，淘碟从来都是一种享受。那张长方形透明塑料袋包裹着的碟片，不同的版本封面海报设计是不一样的。与其说是买那张电影碟，不如说是想私藏封面上那张五彩斑斓的画面。泡澡泡到高潮处，是身体的某个部位泡在水里有了一种战栗的快感。你淘到了一张碟，正是岩井俊二的新作。或者，终于看到心爱的山下智久出了一张《欺诈猎人》。或者，发现了期待已久的《花吃了那女孩》。也看到了盛传已久的《诺玛的十七岁》。你看见自己像条美人鱼在澡堂池水深处游舞。黑头发像一勺纯正的墨汁飘散在水里。一根根仿若天真纯净调皮捣蛋的处子。胴体的味道让你欲罢不能。你觉得你是澡堂里的王。你有责任告诉水池里所有的人，你发现了多么出色的碟片。你悄悄地发现了它，悄悄地攥在手里，不知不觉内心就骄傲自满起来。表情也变得不可一世。觉得自己的背影都是尤物般的。或是个性的。让所有人看了，也要弯腰鞠躬不可。然后，偷偷地瞧瞧别人淘的碟，发觉那些碟片大多已是自己的旧情人。已然先一步占有。早就一夜春宵，我心了然。

泡澡的工夫，在家是一样，在澡堂里又是另一样。决意要去泡澡的时光，总是在下午。电话打过。小姐们总是用恩施腔嗲嗲地说道，又进来蛮多新碟子，你要不过来看下。泡澡，一定不能想去就去。只要内心有一丝一毫的不情愿，就要放下。若是勉强去了，大多就会空手而归。命运就是这样奇怪。无法抵挡。总去的澡堂子地处武汉广场一带人烟漫漫。在下午的时光里，只身交融进面孔一模二样的大街人偶堆里，只有自己的心跳和独一无二的存在是真实的。行走的步伐难免有些悲壮。没有结伴，没有电话。没有打扰。一直如此。因为人偶一只一只恐怖又漠然地靠近又离开，没有一丝人气，弄得内心情绪也哑然而无趣。只有一头钻进澡堂子里，看到那些各自斑斓精致的小东西，仿若只有她们才能生出一点生气。她们总是笑意盈盈。没有任何人世的肮脏与龌龊。洁身自好。善意待人。

淘碟总是太让人享受。澡堂子里仍就白烟袅袅。家里已然一室清辉。好像没有道理这般人生惬意。淘碟淘久了，人生也就蜜如醇香了。

那些花儿，那些声音

>>>

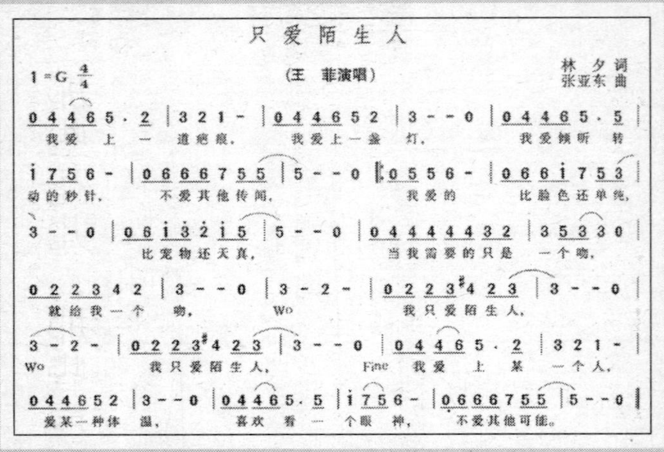
只爱陌生人
1=G 4/4
(王 菲演唱)
林 夕词
张亚东曲
我爱上一道疤痕，我爱上一盏灯，我爱倾听转
动的秒针，不爱其他传闻，我爱的比脸色还单纯，
比宠物还天真，当我需要的只是一个吻，
就给我一个吻，Wo 我只爱陌生人，
Wo 我只爱陌生人，Fine 我爱上某一个人，
爱某一种体温，喜欢看一个眼神，不爱其他可能。

只爱陌生人

陌生人？你会认为什么样的人属于陌生人呢？仅仅是走在大街上的黑压压一片吗？他们像方力钧的画中人一样咧开嘴来笑。他们像所有公共汽车上的报站女声一样行动一致。他们习惯在公共场所吐出浓痰，然后用皮鞋顺势一挥。留下肮脏的一抹黑。他们习惯在街边买衣着不整的乡下人做的烧烤串。吃得满脸通红露出丑陋的吃相来。他们在明星的演唱会上狂热喊叫，其实只是想和其他陌生人一样，以示不被轻视和落伍。他们逛商场，买的衣服永远是和其他大多数陌生人相仿。他们唱 KTV，男人永远大多数唱《敖包相会》、《梅花三弄》、《在那桃花盛开的地方》、《敢问路在何方》、《爱拼才会赢》……女人永远大多数唱《青藏高原》、《天路》、《勇气》、《为爱痴狂》、《挥着翅膀的女孩》、《听海》……男人和女人对唱永远大多数会唱《你悄悄地蒙上我的眼睛》、《相思风雨中》、《广岛之恋》、《今天你要嫁给我》……而还有那么多的歌手和歌曲，留给那些不愿意和大多数陌生人为伍的陌生人们。

有时候你会觉得这样的陌生人会带给你温暖。有时候你可能会情愿窝在公共汽车里面，选择一个靠窗的位子，看窗外下着雨，那种四周陌生人簇拥的温暖。

有时候你不那么希望在路边遇到熟人，那种陌生的熟人。有时候完全的陌生人会给你安全感。他们完全不知道你的底细。不知道你失败的恋爱史、懦弱的性格、家庭的变故、初中毕业的真实学历。看到的只是面具下面的笑脸盈盈。和陌生人一样的笑脸。这样的话，就会安全地在街上走路。没有周遭的窃窃私语，和语言侵犯。不会走过你身边的时候，回避你或撞下你。或是经过你身边的时候，说句，像个傻子。

有时候熟悉的人会给你陌生的感觉。给你莫名其妙的攻击和非议。这时你若走到大街上面，迎面是不会非议你的陌生人。他们低头走路。像一只温顺的猫。于是你感到了猫的温暖。

这样的前提是，你也是个貌似陌生人的陌生人。

这个世界永远是沉默的大多数的世界。精英和智者只能选择缄口或者聪明地装作另一个陌生人。作家只写适合陌生人读的作品。卖座的电影永远是考虑大多数陌生人的口味和品位。小孩子生下来之后，身为陌生人的父母便将孩子调教成为另一个陌生人。

好的艺术品便是让本是陌生人的他们，有幸在同一个时间里感动、哭泣、放下面具，真实地相互纠缠。让我们不觉得陌生。

粉丝和影迷追随的不是明星。而是想要抛弃掉陌生人的身份。他们在流行歌曲里和电影里找到温暖和安全感。讨厌这街上全是陌生人。那些永远不会对你造成攻击的甜美歌声和美丽动人的影像，是这个世界上给我们最直接最廉价的熟悉。

爱情的美好，恰恰是在陌生的时候。电影最高明的结尾，恰恰是在最后一刻的悬疑。我们看这个世界，美好的刚好是少年时的陌生感。

我们一生的追求和上进，就是为了减少心底里冰凉的陌生体会。但有的时候，陌生的滋味反而很棒。一生所做的事情，或许就是在调理这碗陌生和熟悉的平衡味道。

所以，当你有一天在街上遇上陌生人给的麻烦，拜托，别懊恼。你该庆幸，他只是一个陌生人。

如果你不爱糖果

这个世界上，每天，街道上面，建筑里面，孕妇子宫里，野外坟墓里，是一大群又一大群黑衣人。他们团结一致，创造了这个世界，创造了这个世界这个星球的真谛。黑色是这个世界的颜色。接着是浅灰，深灰，直至深墨，在城市天空污染不那么严重的时刻，阳光直射，世界是好看的卡其色。转瞬即逝。世上女人再多，有一部分不会打扮，乱穿衣，于这个世界也无济于事。依旧黑色。另一部分女人，为情所伤，为男人所伤，衣着华丽结伴出游，她们的奋力顶撞之革命群龙无首，毫无章法，很快就被叛徒告了密，上了断头台。像是一杯墨里渗入一滴朱丹。漂亮女人只当街道餐厅咖啡馆是她们的秀台，丝袜长靴 LV 墨镜出一个雌性怪物，聪明得准确跟进所有潮流，紫色衬裙搭配玫瑰色长袜，说来说去也还是黑色。夜深独处时，还得一个人落寞卸妆，想着没有着落的恋情，或是拥有那个男人，心也还是凉的，就连漂亮的女子也被剩下来，原因在于她们都穿着黑衣，蒙着黑纱，男人不了解她们的美丽，或者认为黑衣女子才是美的，于是这个世界黑色得有些乏味。

但这些黑衣人依然乐此不疲。他们的一生，便在染织着这匹黑布，亮相、防身、躲避、休憩、排泄、性爱、死亡，都在这黑布里头。学校里，黑衣老师以培养出大部分地道的黑衣人为己任；医院里，黑衣医生为人们安上黑心、黑色四肢与内脏，制造出健康的黑衣人；法庭里，法律也是黑色的，老老实实做一个黑衣人，是这一生幸福的前提；宗教里，神们宣称这个世界由黑白两色组成，生者为黑，死者为白，好生做一个完美的黑衣人，死后才可能进入天堂。如果黑衣人中间出现了一个亮色者，便会引起不小的骚乱，木偶般行走于街道上的黑衣人们，纷纷睁开眼睛，打了个哆嗦，淫笑露出黄牙，喷出几口唾沫，他们指责那些衣着亮丽的人们，经过时冷笑咳嗽跺脚怪叫，尽到一个黑衣人存在于这个世界上的职责——让这个黑色星球不受到玷污与欺蔑——打击黑色之外的所有色彩，这颗星球的宣传口号便是：保卫黑色，幸福永久。直到亮色者脱下彩色的衣服，换上黑衣，才得到些许安静。

黑衣人的幸福是黑巧克力，苦涩但又没面子说出口。有时也不免产生一些真爱，但那样的爱情，是黑色糕点基座上垒起来的提拉米苏，蛋糕配料都是旧的，真爱也不免落入俗套。一个黑衣人追求另一个黑衣人，他们认为这就是这个星球上幸福的真谛。然后他们结婚，婚礼上，女子露出幸福感恩的神情，她们装出一副婚姻质量合格的样子，遮掩男子或多或少有些神秘莫测的冷淡，这就是这个星球上幸福的真谛。他们交合，生下小孩子，世上便又多了一个黑衣人。

当然，在这个星球上，未必全是黑衣人。他们与黑衣人周旋，在合适的场合露出亮丽的底子，成为独一无二的生命。他们质疑黑色的权威与必然，他们认为世界应该有可能是湛蓝、粉红、翠绿、奶白、油黄、茄紫。世界应该如此美好。从周一到周日，天空便是彩虹的七种颜色，轮流覆盖大地。当太阳从东方升起，像一片柠檬黄的滤镜，让红橙黄绿青蓝紫镀上暖色，五彩斑斓。傍晚，色彩变得极浓，像经年的酒，空气里满是香醇。当人们闻到香，便知回家的时候到了。八点光景，色彩淡去，因为此刻兑了水，一切变得淡雅可人。夜里十二点，色彩开始交接，印象派画家开始工作，为了养家，他们不得不和许多画家竞争。他们一般工作到黎明五时，直到新的色泽笼罩大地。这一晚，天空是矜持而从容的，只有天才可以和它对话。这一晚，人们拉上窗帘进入梦乡，厚重的天鹅绒窗帘。因为世上是没有黑夜的。如果这个时候你来到这个星球，发现人们在户外支起画架，或是闭起一只眼睛拍摄照片。像专情的蝴蝶对一朵花表白。如果女子想要邂逅优秀才华的男子，她们便会舍弃睡眠，偷偷盛装外出，成为模特或是交际专家，或成为艺术家，混迹于他们中间。除开他们，还有作家机警地注视着这一切，写出新的爱情经典，故事从月亮悄然挂起，池塘睡莲边一对璧人拥吻讲起，画架丢在一边，镜头慢慢拉开，无需持灯，月色正好。

如果这颗星球想要变得多彩而美丽，星球上的城市之间也应该是迥异的。这世界上有 772605 座城市，就应该有 772605 种图案。每一个城市都应是一个精灵。每一个精灵都有他们的相貌、脾气、肤色、风格、心理。人们生活在精灵们身体上的不同位置，头部、心脏不适合人们居住，那儿空着，节假日时候，便热闹了。有时候精灵病了，人们中间那位灵师便开始工作，他们为精灵治病，长久以来便是这样，他们占据了这座城市的一部分人口，地位和警察、教师、艺术家一样令人敬仰，确保精灵的平安。

有时候城市精灵失恋了，默默伤心哭泣，人们便奇装异服，举办电影节、演唱会和艺术展，转移精灵的视线，吸引其他城市的精灵，找寻新的恋爱机会，令其破涕为笑。每一个精灵的口味都不一样，起先每个不同城市精灵里的人们的口味也不一样，但之后不同城市的人们相互交流走动，交换美食，性格宽容的精灵便也成为美食家，性格古怪孤僻的精灵便瘦弱多病，人们便渐渐离开他，选择新的居住地。

有的精灵异常受到欢迎，人们从其他精灵身体上迁移过去，这个精灵便有责任继续生长、强壮，接受老精灵们的遗言，成为精灵们中的领导者。有的精灵乖张吝执，城市中便只留下性情和它一样的人类，渐渐萎缩呆滞，它们或者向其他精灵求援，或者自生自灭。

精灵不会死去，除非上帝让他毁灭，遇到地震或是其他灾难。小精灵的诞生是需要机遇的，两个靠近的精灵得彼此相爱，他们交合的时候，两座城市的人们便相聚在一起，燃起篝火唱歌跳舞，此刻便是青年男女寻找真爱的机会，在湖边，在树下，在草垛里，相爱的人们接吻爱抚，他们和精灵们的高潮同时到来，世界微微地酥了。

城市精灵们不会一生一世待在同一个位置，有时，他们会呵护好身体上的人类，穿上行装，打起背包，旅行或者漂泊，直至找到新的居住地重新安顿下来，必要时，他们会和当地或邻近的城市精灵谈判，以取得居住权，友好共处或者分开。精灵们之间不会相互打斗，再天真幼稚的精灵都懂得应该与人为善。

于是这颗星球在茫茫宇宙里颇具知名度，排行榜上名列前十，宇宙里的王奖励它，赐予星球中最好的资源与美景，人类生活得幸福自由，没有战争与阴谋，没有灾难与丑陋，这就是地球——一颗美好牛逼的小小星球。

城市精灵们自由组合解构，世界从此不再是黑色，有时候，一颗糖果便让小孩子了解到这个世界的真谛。这些糖果让描述它们命运形状的历史教材都成为了一本《安徒生童话》。这个世界从此没有了童话，祖母们熬尽脑汁，在孩子睡前讲述了这样一个故事：有这样一个世界，那儿只有白天和黑夜，人们穿着黑色的衣服，神秘莫测……孩子长大后，心里记挂着祖母，对那个黑白的世界心存好奇，他研读色彩学，成为了电影导演，拍摄了世界上的黑白电影。于是，这个星球上，黑白电影取代了彩色电影，糖果被扔进了垃圾桶，黑白两色变得高雅而时髦，人们开始诅咒这七彩斑斓的世界，周而复始，单调而反味。画家开始宅在家里，研究黑色天鹅绒窗帘遮掩下室内阴影的明暗变化，巴黎卢浮宫里更换一批又一批画家们的素描作品，中国的墨汁开始走俏，中国的水墨画在拍卖市场行情见涨，黑眼睛黑头发的东方人成为世界的宠儿，亚洲成为时尚中心。直至全球因此产生了新一轮的经济危机，宗教团体此刻成了救世主，他们宣称：上帝第一天创造了光，本来世间分为白昼与黑夜，但上帝夜里梦见自己在吮吸母亲的奶汁，醒来后发现黑白世界如此清冷，便依照太阳的色差，用七种颜色创造了天，从此世界永没有黑夜，美丽温暖。人类才又接受这个彩色迷离的世界。

北京微闻

北京，真的北京，街上行走着满腹心事的中国人的城市，你仔细看你眼角右下方的水泥地，有身份明确的垃圾、痰渍。与你擦身而过的北京人眼神闪躲，你看得到他们面前的温和的白色雾气。那形状像天上的白色绵羊。惹人怜爱。他们匆匆而过，表示友善而自尊。他们并没有标明“北京人”字样。你还是在武汉。仿佛。

城市，上海和香港有着明显的建筑风格。北京还是一副体贴温厚的模样。他性格宽厚。模样生得浓眉大眼。是众人中的头。他平日里是内敛的。常常语出惊人。骨子里是倔的。又处事圆滑。人们猜他不透。又觉得他有道理，就认了他。

北京大，让北京人性格里有了点胜出者的骄傲。他们又比上海人多出几分厚道。不擅长吵架的。他们只会文明式地争理。用北京范儿的腔调，多少有些酸溜溜。让好事者看了心里生出几分失望来。北京话听着像棉花糖。不强势，不精明，倒还有几分傻气。这样的地方，着实比较适合人际交往。

北京人有点“拧”。他们骨子里是良善之辈。可又在现代生出三分优越畸变而来的古怪。他们文明行走，文明乘车，高贵而孤独。他们的挣扎稚嫩地写在脸上，恍然一路走来都是隐忍而坚强的文明人。其实他们的内心细腻而脆弱。于是北京流行文艺青年。

南锣鼓巷是一条温顺的胡同。他是个已经老了的有故事的男子。长出白胡子。胡同里有多少枝树丫，他就有多少根胡子。他脾气好得很，患有轻微的老年痴呆。整日里咧嘴笑着。有些凄凉中的悲壮。他还活着，但已稀老，于是文艺青年们来到这儿，脚步都变得轻轻地。他大部分时间都在睡觉。于是整条胡同静静的。

巷子里的两边是些小店子。所谓逛，就是看这些店。盛名在外的南锣鼓巷的店主们，争先恐后地扮靓起这些原本普通的小房间。不清楚是因为这些刻意装扮的店们捧红了这条胡同，还是南锣鼓巷历史的原因，促成了这条胡同上比赛装饰创意的文艺氛围。店主们都骄傲而犀利。她们（大部分是女人）扬起高高的头颅，冷冷地坐镇十平米的城堡里。从不主动招徕生意。而进店者大都神思惶然。她们（大部分也是女孩）因为噱头十足的店外装潢而心生好感，好奇进店来，立刻感知到这是个漂亮但是冰冷的小世界。出售的小玩意的确精美，但是价格昂贵而不实。店主们身为这条胡同里的小主人，因为“身份”的原因，自然不便过于吵嚷。只是颇为自得地观察着每个来客，像一只懒散的猫。

中戏夹在胡同中间，另外的一支细细的东棉花胡同。像一个年过四旬的少妇。藏在巷深人不知。颇为害羞。其实年纪也不小了。也还是不愿意招惹是非。一个低调沉稳的女人。

中戏小，无任何骄骄傲气。学生们也并无明星范，三三两两地低头走过。貌色平凡。透出几丝笨拙。中戏如此之小，教学楼、爬墙藤、开水房、自行车停放处。像一场精致的过家家游戏。女孩子们秀气而自如地打理好一切。像一个简朴的女人贤惠的持家之道。不做声处默默安排好了一切。若不仔细调查，还发觉不了她的单薄。表面上还显得游刃有余的样子。小小的地方生出几分聪明劲来。

校园里静静的。哪怕有一个男孩在操场玩篮球，那偶尔的一两声拍打篮球的声音也衬得妇人的修养来。安静里藏着几分不好意思，好像在对人说：就是这样了。没有你想象得那样花枝招展。

在北京的街上，有很多机会看到老外。他们出现在地铁里，街头，旅店大堂里。他们对这城市表现出妥协来。甚至表现出可爱的羞涩和淡然。有时，他们多半目光游移，似乎在抗拒或者对一切毫不在乎。有同伴在身边时，只活在他们眼前自恋的外语围绕起来的小世界里。北京人用一种日渐强大的对峙冷眼与他们共处着。外国人稍稍处于弱势。很情绪化的，你有时会看到的他们稚气地作出绅士模样。很少东张西望。似乎在尽力维持着自信和城府。机会来到时，小聪明地表现出一些洋洋自得，陶醉自我的意思。你以为他过于轻慢和自负，其实他有时内心焦虑而慌张。

他有时会看看你，甚至眼光停顿数秒。你以为那眼光里在流淌着亲切的意识流，而他马上迅速放弃了你。你会觉得这游戏才开了个头便夭折了，有些索然无味。

12 月份的北京。微微地探了探头。在胡同的阳光下，摇椅上，慢慢打起了瞌睡，听着我说着微微的絮言。

星外来客

究竟这个世界的运作是怎样的规律？我好像是一个星外来客，不懂这个世界——地球的所有明显或不明显的，隐藏或不隐藏的、大的和小的、可说与只可意会的潜规则。

当我们听教授讲课，所有的听者是一样的表情模式。他们在那些时间里除了面貌各异之外，内心的状态与大脑的思索是一样的。他们去三流歌星的演唱会，大多数人是一样的面带茫然的跟从与亢奋，女生在那时是丑陋的，如果她们本来就不漂亮的话。她们梳着手法统一思想平庸的理发店发型师制造出来的发型。刘海、卷发。无奈地穿着“安全”无比的粗腰粗腿的校服，在校园里找个男生拉手一起回家，粉饰并不浪漫的青春期，在人际交往时标榜童真的大无畏与青春的骄傲。在大街上行走的人，是中庸的气质和阿Q精神的混合表情。这是个虚假的中国。然而又无比真实。

如果有一顶帽子或是一件皇帝的新衣，我愿意拥有它。它会让我与这个世界貌似一致与入流。我不愿意来到一个单位之后被这样的气场与思维定式所同化。被不聪明的让人无奈的大多数人所制造出来的空气颜色所污染。比如，在一个人说出一句笑话之后，和其他人一起傻呼呼地应和起来。成为所谓“成熟”以及能够自如和安全地存在下去。当有人与众不同地沉默与坚持自己，他一定要有坚强的内心及自娱的精神，随时准备一个人独处。同时谢绝滥情。

这个世界究竟认不认同所有可以想象到的不同的人的存在呢？为什么在众星云集的场合，在时装秀的后台，在时尚频道的镜头里，所有女星与模特都是微笑，都是从容，都是自恃漂亮，用骄傲的眼神来面对记者和他人，而不是有着不同的表情，比如紧张、恐惧、不知所措、失态？为什么电台男 DJ 接到女听众的电话，马上语调就变得稍感矜持与回避？为什么在一个时尚电视栏目里，当有外表普通的女生上台来，反应迟钝的时候，漂亮的女主持人总是会用微妙的怜悯的眼光来看她，并且还要调侃几句她的不擅长？为什么明明这个歌手就是烂，可是还是会有市场与粉丝来认可他？为什么内地不同于湖南卫视与上海东方卫视的地方台，制作的娱乐综合节目，话外音都要请人来模仿港台腔，同时还必须得请戴军何炅来主持不可？为什么在电视剧《奋斗》里，佟大为之流说话都流行翻眼睛北京腔，咄咄逼人，什么都是对的，对长辈说话呛声呛气，好像特牛气？为什么女演员都要一个赶一个似地瘦，以平胸为美，对外却说“女孩太瘦不好”？为什么女人在吃饭的时候要小心翼翼注意仪态，而男人可以本色操作？为什么女人成为艺术家之后，冠名前要加个女字，比如女作家、女导演？为什么一个人长大了，与其他成年人交际起来，模式和套话必须按规定好的，只有那样说话动作的人才是一个“成熟”的人啊！为什么当一个人走进一家所有人都在紧张沉默地吃饭的餐厅时，他也要沉默起来，以示和他们同类？为什么当有一个与众不同的人出现在大街上时，看到别的人对其冷漠，所以自己也要对其冷漠，以示不落伍与安全？为什么看似写出美丽与高贵姿态的艺术家们，现实生活里往往有着无法启齿的缺点？为什么这样性格的女孩子，就注定是类似的命运，奇怪了，所有接触她的男生对她的态度是惊人地一致？为什么有一种这样看不见也不可明言的思维行为模式标准强大地横亘在地球人的心里，并且婴儿也如此心领神会地长大？而比如我，不是这样去看待世界的人，就注定孤独而不被人理解。同时，还是身为女孩的原因，会遭遇加倍的伤害和不公平。

但是，我庆幸我是不同于这个世界上大多数人的人。那样，你过的人生就与那些你瞧不起的人完全不同。在这每一分钟每一秒钟的流逝里，你都是独特而明亮的。上帝会知道。

我的台北

台北，你的台北，和我的台北，一定不一样。而那样一个台北，就那样存在着。生生不息。就如世界上万千的城市，如果没有人，它一定不成为城市。是一拨又一拨人，血肉嵌进了钢筋泥土。汗渍腌成了美味的家常菜。年复一年的声响成为了魔鬼甜蜜的笑靥。城市就有了劲。就有了眼睛、味觉。有了害羞、卑怯，有了爱情和性，生下另一个城市，上一个城市就默默死去，儿子继承了下来。有时是女儿。有的儿子聪明，鬼马，城市就兴旺。有的女子懒散，沉寂，城市就安静下来。度过她的低迷期。是的，城市就是一个巨大的孤独的人。有的是男人，有的是女人。他们会恋爱。这个城市的居民到那个城市里去，带去城市的问候。有的城市间是仇人，于是双方之间开始组织军队，有时，一个城市会死于另一个城市手里。但她永不会离去，她是生生不息的。很快，她就又生龙活虎了。她有时是他，他有时是她。无法分清。有的城市宽厚，有的城市刻薄。她们永远无法说出，她们之间的谁是最美的。因为人群在说话。都说，自己的城是最美的。也有人说出，自己的城是最丑的。有的人想到另一个城去，他背叛了她。城市也不恼。坦然的安静。有另一些人来了，败在她的石榴裙下，她也不喜。冷眼旁观。于是，整个世界开始变得丰富起来。其实也不丰富。因为真理永远就只有那么几条。你的城市，我的城市，永远都说得清，也永远都说不清。

台北，该是什么样的呢。也许，从未去过的人看到的台北，才是最美好的。我从未去过台北，也许，就保持这样的状态，也还蛮好的。就像恋爱。真正熟悉了，丑陋与失落就真实起来。

台北，一定不华丽。就像颇有城府的中年女人。深入了解过她，美才散发出来。台北，是一个糊涂人的精明生活。底子里是糊涂的，是本色的。是嘻嘻哈哈，大大咧咧的。是心血来潮的。却毫不含糊地经营着自己的幸福感。是笑面虎。是绵里藏针。台北的101大楼那么高。那么著名，却不是台北人的骄傲。

台北的街道，是曾经在小虎队的明信片上看到的。似乎也还好。可以将我们身处的城市找一找，一定有相似的地方。所以就坦然。街道也不过那样宽。店铺一家挨着一家。也是本分人的样子。台北人看来不是怪物，或许，我们在他们的眼里，也是怪物吧。

台北人说话，是在琼瑶剧里最先听到的。那个城市，总是深宅大院的样子。仿佛我们坐飞机过去，下来看到的，就是梳着长辫子的婉君和哑妻。是杜纤纤和梅若鸿。我们在他们的面前，总像是俗物一般。会感到脸红心跳。因为我们的爱情总是不成功。台北人的爱情，总是叫人羡慕的。他们说话，就连吵架声里都透露着“我爱你，放不下你”的讯息。因为下一个镜头，他们总是会含泪接吻。马景涛先生的叫喊也因为有了整个剧组的心心相印而可爱起来。我们都愿意看琼瑶剧。因为它够有个性。有着偏执的可爱劲。台北就是这样可爱。似乎自己的世俗生活也沾了点文艺爱情的肌肤之亲，似乎下一秒钟就会有那个好像暗恋自己的男生打来电话约看电影。生活也有了一点希望。有了盼想。一切都会好起来的。汪紫菱和陆依萍最后不也挺好么，给了自己榜样的力量。大家都会或多或少地在琼瑶剧里找到一些暖意。这是台北让人亲近的地方。

台北人，想起来都是些尤物的面孔。她们让台北熠熠生辉。光彩照人。仿佛台北人天天都活在《悲情城市》和《恋恋风尘》里。生活也有了表演出来的完美和精致。或是三毛的十七岁的午后。和孟庭苇的冬季。以及白先勇的《游园惊梦》里。

记得台湾话里，幼儿园被叫做“幼稚园”。初中和高中被叫做“国中”。很说成“蛮”。期待的期读成二声。和字读成“han”。听起来还颇为好听。最初接触到的台北，就是席慕容的诗歌。那些“我在佛前求了五百年”的痴话。就是很彻底。很疯狂。内地好像没人这样写诗。然后是传奇的三毛。内地也没这样的人。台北，台湾，就因这些美好而给予我们好印象。再长大一些，就是齐豫的《橄榄树》。内地也没这样唱歌的。没人说会去撒哈拉沙漠。没人歌唱流浪。没有人将少年时期的心事写成《雨季不再来》。没有人大声唱出来，“让我们自由自在地恋爱”。

说到台北，让我想起张晓风和简桢的散文。想起余光中的《乡愁》。想起白先勇的《玉卿嫂》。想起林海音的《城南旧事》。甚尔现在，还让我想起方文山的歌词《青花瓷》。台北对于中国的古典文化，在内地曾经断裂过的时候，依然完美地保存下来。台北的学生，在很小就要背诵《长恨歌》。于是在台北的现代化里，也因此显示出一丝坚挺的安慰。有了一些悲天悯人的善感。和对于人生豁达的观察。

我们生活在广博的内地，却似乎就终日留连在台北的气味里。看起来不怎么时尚的台北街道里。在每一个台北人的窗外，窥视他们依然厚实的生活情调。他们，依然有精打细算的穷人家。依然有为升学压力烦恼的孩子。他们吃的菜，也和我们的饭桌上一样。卤肉饭。番茄炒蛋。啤酒和可乐。可是在这个小小台湾的某个角落，总有我们错过的成长中的精彩，是一种你永不会轻易发现的美。在你偶然翻开报纸的文化版，坐在公共汽车里穿行整个尴尬的城市街道，台北的美就露出一方裙角。不论是台北人，还是台北的风景，以及孕育出来的某段故事和情节。都是毕恭毕敬的。涵养好得很。

想起台北，就是穿白色衬衣，蓝色布裤子的斯文男孩，推着单车，默默看着身边短发丰满的女同学。女同学是小明。男同学是小四。

是在冬天还穿着露出膝盖的学校制服的江雁容。

是沉闷的夏天，知了在窗外唱歌，阿孝发现祖母已经悄然在榻榻米上死去。蚂蚁爬上了她的身体。

是张士豪脸上淡淡朦胧的胡渣，孟克柔利落的短发和小小的心事。

是一晃而过的摩托车少年。是阿远和阿云没有结果的恋情。

是道明寺和花泽类逗留的夜店。说着“你的妹够正啊”的话。台湾腔让暴力的男孩也变得斯文而修养。

台北的衣橱，并不是最风光的。里面挂着的，不少还是从服装店打折时候减价买来的。里面还有一些买来就觉得不合适的衣服。棉麻质地居多。台北这个女孩，喜欢光着脚，走在家里廉价的榻榻米上。偶尔还买不起昂贵的面膜。只好在家一个人 DIY。她有着不错的肤质，护肤品却经常别出心裁，长这么大了，还在用婴儿霜。脖子上挂着的，也是五十元买来的铜质项链。

这些，都说不尽台北。我至今也没有见到著名的台北诚品书店。里面一定并不很大，一定似乎有两层楼的样子。我走进去会不会紧张呢？因为太安静了。好像台北所有的温柔性格的知识分子都涌进来。他们看上去，也是内地人的模样。甚至似乎还要羞涩。让你以为是你家附近超市里推车静走的叔叔阿姨。他们的外套和长衫，分明就是你舅舅的那件嘛。就连书店里偶有的咳嗽声，也是热情好客的。进来的女生要么很瘦要么有些丰满的。她们穿着中学生的制服，你以为就是走在了台北的电影里。不远的地方就是杨德昌和易智言。她们悄声发出笑声。偷偷地看你。你以为你是在东京，但又想想不是，她们穿着制服，却发出让你安慰的国语。比普通话还要耐听的国语。又不是在香港，只是在这里，在台北，走在街上，你以为再过个巷口就到家了。走过去一看，又是一片天。是永康街的松露一号巧克力店。小姐说，这是店主从法国学回来的手艺。你嚼着一枚水果巧克力。好像在巴黎的街头喝纯正咖啡。白鸽子啄着你的面包渣。然后一声“今天有什么不错的巧克力吗”？有人从外面推门进来，用嗲嗲的声音问道。你才恍过来，原来，是在太平洋这边的台北。

台北的小店都是小小的。就像台湾省，也是小小的。看杂志上台北的小店，向往原住民歌手的驻唱演出。向往，偶然邂逅陈绮贞的童稚声音。发现她竟然就坐在你的左手边。闻得到她头发的香味。可以看到，她脸上的小小瑕疵。甚至感受得到她身体的热量。她轻轻地害羞地唱了几首，就喝口咖啡走了。跟大家告别，就像是吃完饭先行一步的同学。这些，都是在台北可以实现的。说不定，你也可以遇到胡德夫。想来，胡德夫也只是一个爱热闹的纯真老头。看来看去，就是很一般。可是他的《太平洋的风》唱了那么多次。依然是台湾的好声音。

想想，台北的夜是比白昼时要美丽。人群集中起来，聚集到温州街、师大路、永康街，不知道会不会看到如内地街头停留漠然的扁担工。也不知道会不会有如内地夜晚街头跳着集体舞的大妈。以及早些时候，内地夏天巷弄里的竹床阵营。

台北的夜，是小心翼翼的修养美，大家如参加晚宴或是音乐会，走路都仔仔细细的。坐在咖啡馆里，姿势都是适合拍照的。不用上表演班。哪怕再平凡长相的女生，听她的台湾腔，都会忍不住心生喜爱。再用新的眼光打量她，会发现，她真的是不错喔。夜市上，灯红酒绿。飘来食物的香味。似乎没有光着上身坐在人群中喝酒猜拳的粗犷男。最多，男生们也用台湾腔高声调侃着。也是绅士味十足。就连黑道分子来了，也要说台湾腔。那种凶狠与霸气，早就消失了三分。台北的夜，是十来岁的小女孩。有些懂事了，可又有些小心眼。总是能够逢凶化吉。聪明而又朴实的小孩。

在台湾，台北是大哥。是中心。是台湾偶像团体里最主动的那个。其他默然站在一旁的，就是台中、台东、台南。他们却是一个又一个换上不同角色的台北。她们穿上不一样的衣服，化个妆，又是另一个台北。是兄弟姐妹的样子。再不像，也是有着相似地方的。原住民是台北的另一种性格。就像你平时相处感觉温柔的女朋友，有一天也有突然硬朗的表现。台北的魂魄，她的口感，一定因为原住民而有了一丝咖啡色的味道。就像新织好的缎子。有一种稚嫩和幽幽的香。而不再是一味的熟悉俗套。是台北的另一套杀手锏。一定要让你爱上她。

武汉也有台北。昨天还坐车行走在台北路上。这个并不知道是否有台北味道的街道，走在它身边，竟也提供了一种淡淡的遐想。台北也有武昌和汉口，走在台北，是否也有一小块气息，是我的，就像我也曾来过。商店的橱窗上面，还留有我的墨色的留影。小酒吧里。那瓶安然存在着的香槟，我的指纹还在。好像有一个台北的小女孩，就在她嬉笑欢乐的间隙，抬起头来，似乎看见一个女子长风衣飘然而过。再看，就没有了。那个人，一定就是我。

呐喊

当一个人背对着我们的时候，我们看到他。他一动不动。我们从背后观察他。就可以猜测：是沉思，是哭泣，是在微笑，还是极端痛苦，想要一了百了？或是其他。比如病痛、闭着眼睛听风声、想要小便？还是为了要杀一个人而思考，或是脸上有痕迹，不方便示人？

这个时候，如果摄影机慢慢运动，来到他的侧面，进而看到真实的面容，我们才会知道，喔，他是如此。只有一种，不是吗？

为什么当一个陌生人在大街上行走，碰到对面走来一对母女，那个女孩在生气地说，我不想做你们的孩子！为什么那个陌生人会瞬间便判定是这个女孩的任性，于是他的身体动作迅速作出了反应：避开那女孩，对那个母亲作出同情的样子。为什么这个世界是庸俗的世界，俗气的人们自得而快活？为什么一切都是瞬间，一切都会成为美丽的慰藉？为什么世界上的文明、伦理是这样的，有没有另一种可能？为什么我们看不到任何人的内心，让我们只能平庸地猜测：是沉思，是哭泣，是在微笑，还是极端痛苦，想要一了百了？或是其他。比如病痛、闭着眼睛听风声、想要小便？还是为了要杀一个人而思考，或是脸上有痕迹，不方便示人？

我们都是那个一动不动站着背对他人的人。我们有眼睛，但这只是一个愚蠢的设计。为什么爱的盛名之下有时是恶的真相？为什么彩虹和月亮就一定代表美好？为什么艺术家都爱咖啡和烟以及女人都中分长发？为什么电影里的角色说话毫无瑕疵？为什么主持人说话不能结结巴巴？哪样才是正确？

如果你不开心了，或是孤单，为什么你身边的人不会来安慰你？因为他会想到，噢，他要独处一下才好呢。你不能主动叫别人来陪你。但是这个时候你莫名地难受，渴望得到朋友们或是亲人们的主动抚慰，但是你最亲的人却以为你在赌气或是任性，他们想：唉，还是小孩子气，不管也罢！

这些都是因为你只有一副面具的原因。这些都是因为他人只有一双眼睛而已。我们无时无刻不在猜测，猜测他的面具之下是什么。可是你看看。街上行走的那么多人，只是双腿迈动着，眼睛漠然地睁着，好像一个模子里面出来的。可是他们的内心里，却装着各自的想法和欲望。还有痛苦、尴尬、难言、幸福。

于是这个世界便有了这精彩的误会、错过、痛哭、精神病人、变幻莫测。

这样有好处，也有坏处。从此这世上便有了各种各样的精彩。也有了各种各样的难眠和泪水。也有了一个女孩子，在这个夜晚，大声地喊出了这样许多的为什么。

这个世界是这样丰富，也是这样的单调。丰富是世俗的。单调是你我在世永远无法解释和质问的永恒。

暮色，新月

昨夜晴朗。

昨夜，暮色时分。天就快要完全黑下来了。你知道，就是标准的夜了。你不禁得意，你心里用包容首肯了它，恩准它，世界才这样黑暗下来。而有时，这个世界算计你，剥夺了你享受黑夜的权利，黑夜迟迟不来。是恋爱技巧挑剔而幼稚的女子。于是大多数男子不得不放弃追求。黑夜才讪讪地到来。或者，黑夜那时患有社交恐惧，像个不合时宜的艺人。多情而优雅。每天这样登场表演对于她来说是一种折磨。

那是夏天。

而有时，白昼像个拿到钱就尽快潜逃的皮条客，偷偷溜走。留下他的女人和两个孩子，不得不在街头捡拾废旧易拉罐为生。一个是男孩，一个是女孩。她又怀孕了。在小旅馆独自堕胎。他赐予她们悲壮的生活。多年后女儿将这段往事拍成电影《我们之间》。参加翠贝卡电影节。获得荣誉奖。DVD 在全世界的碟店出售。她得感谢他——不要和暮色恋爱。不要和提前到来的暮色恋爱。那是女人绝对不能嫁的那种男人。独自偷腥。软弱无能。毫无责任感。这样的暮色让人汗颜。

而你我每天却不得不和他来往。那往往是下班时分。他穿上黑色西装，骑黑马，打上浅黄色领带。手捧黑色郁金香。天边的那轮新月，是早已被他征服的女子。习惯和他一起出席暮色的升旗典礼。又在天明时分悻悻离去。暮色依然温柔缱绻。追随每个让他心动的女子。为她们镶上神秘苗条的黑色线条。女子终究有男友或是爱人，但也欣然接受暮色销魂暧昧的求爱。下班时分。女子融入黑色郁金香的芬芳里。答应暮色一起坐上黑马。一路甜美。黑影憧憧。那是孤独的新月辛酸地为暮色的混帐留下罪状。于是每个女子再美，在暮色里，也都化为丑陋肮脏的影子。有新月的地方，便有暮色与新欢出轨所到之处。暮色无所畏惧，悄悄玩弄那黑影，捏在手里随意把玩，造型各异。讨女子欢心。新月也是有耐心的女子。她知道，暮色只是暮色。女子们终究会习惯，那也不过是些永恒而幼稚的招式。终有一天，世间的所有女子都会厌烦暮色。于是，你我不能太容易就融入那暮色里，以免被灼伤。

那是，那是冬天了。

而现在呢？你猜。

昨夜，你需要拿一把手电筒才能走上八楼的天台。暮色来临，楼梯间灌满黑色的亮。在黑夜里，黑色是明亮的。像个不被世人理解，内心孤单绝望的天才艺术家。悄悄在圣诞夜划亮一根火柴，在漫天飞雪的街头，独自取暖。在天明时分，和卖火柴的小女孩一起进入天国。是的，在暮色里，大多数时候是冰冷的。那样他们渴望星火点燃，将黑色大衣燃尽。露出真诚孤单的内心。或者，聆听黑色的管弦乐，召集其他的黑色玩PARTY，举办艺术展和电影节。

是的，这些享乐与乐趣都发生在暮色里。在人们回家关上门之后。以为暮色便意味着不幸和恐怖。然而，在那些灯光照射不到的地方，新月也无法抵达的地方，在你厌恶和无所谓的地方，在你内心的某一个地方，总会有黑色。

那时，黑色更纯了。

本来，在暮色诞生之前，黑色与白色决斗，黑色稍稍犹疑，以为这决斗像玫瑰般散发芬芳。如热情的藤蔓悄悄攀援缠绕般浪漫。黑色那时高贵时髦。女子妇人以穿黑色礼服为荣。布店多数进购黑色布料。白色被认为苍白无趣，空洞无物，是恐怖神秘的代言。被认为不洁。以及不祥。白色衣料多数用来打底，穷人只能无奈地穿着白色的衣服。但就算再穷，人们也不愿沾染上白色。于是那时染坊盛行。白色衣料多被染成青色或蓝色。其次是红色。比较理想的是咖啡色。但穷人永远无法穿上黑色的衣服。因为染坊买不起黑色染料。于是花团锦簇的大街上满是五彩缤纷的红橙黄绿青蓝紫。煞是好看。只是如若黑色一到，便万般皆默。悄无声息。犹如一幅湿漉漉的中国水墨画。

眼睛也是黑色的。顾盼生情。于是人们一直恋爱。直到眼睛的颜色转变为深咖啡。

那时，天地之间是混乱的。黑色与白色的决斗未定。

白色积淀多时，厚积薄发，来势汹汹。黑夜与白昼混乱不堪。人们多数厌恶白昼的来临，只在黑夜里生活和工作。呼吸黑色的空气。小孩子尽力抓握，想要把黑色装进口袋里。好拿来向同伴们炫耀。当白昼来临时分，人们便觉索然无味，胃口大减，紧锁眉头，纷纷掩面奔走，回家躲避。等待下一个黑色的来临。

黑色性格犹疑，没有把向来卑屈的白色放在眼里。决斗前的排演心不在焉。祈祷正式决斗时分一招取胜。绝不拖沓。然其安养多年，心宽体胖，性情温和而谦卑。出手间以为这决斗像玫瑰般散发芬芳。如热情的藤蔓悄悄攀援缠绕般浪漫。黑色高贵善感，决斗高潮时分，因轻敌而犹疑，被白色偷袭，刺中心脏，爆冷死去。黑色输给了意志坚定而漠然的白色。

从此黑白混乱的局面结束了。

由此黑色被误解为白色的反面。由此白昼之后便是黑夜。由此理智而固执的人依恋白天，浪漫而多情的人痴迷黑夜。矛盾而天才的人们迷恋两者。黑色的时代已经结束。除非黑色与白色再次决斗。然而从上次之后这个世界日月星辰，人世伦常便就此确定。

暮色从此注定与新月厮守。白昼注定与太阳交欢。

于是暮色来到另一个世界。一个死亡的世界。然而也是一个新鲜而浪漫的世界。冥王告诉他：世界上死去的人会越来越多。冥界人满为患。往往造成管理混乱。经常发生亡人情绪化从而哭泣打架事件。他们不满之前白昼的蛮横和暴力。白昼对他们不管不顾。一味纠集军队，奴役苦力，演习暴动。乌烟瘴气。亡人们生前劳苦终生，死后不得安宁，便集体团结起来，向最高的神祈祷请求：白昼若不战胜暮色，始终不会善罢甘休。白昼存在冥界一天，世界便危险一分。何不就让白昼赢了暮色，暮色性格宽厚慈目，想必输赢未必计较，我们希望他来到冥界，亡灵们死后需要安宁和休憩。

神们开会商讨，研究发现，自从暮色统领人间，世间万物皆以黑色为王，人类在黑色里生活，树木苍天是黑色的，河流海洋是黑色的，雨水雪花是黑色的。

主管健康的神说，这样一来，人类的眼睛只看到同一种色彩，便会渐渐褪化了。树木和作物需要阳光进行光合作用，方才生长。

主管美的神说，树木本就是绿色，苍天本就是蓝色，晚霞本就是红色，雪花本就是白色，雨水本就是无色。因为暮色统领世界，黑暗覆盖之下，人类便以为世界单薄如此。那么，艺术从何创造？美感从何而来？

主管哲学的神说，暮色与白昼必须平衡交替，才能阴阳统一，世间有悲有喜，凡事有起有伏，生死轮回，有常与无常，因果相生，四季更迭。否则世界不会长久。

那天，暮色与白昼决斗，主管战争的神偷偷向暮色射了一箭，导致他分心。决斗高潮时分，暮色因轻敌而犹疑，被白色偷袭，刺中心脏，爆冷死去，贬于冥界。从此亡灵释然，安下心来，团结一致沐浴更衣，吃素祷念，生活渐回平朗。女子内分泌稳定，男子健壮充沛，婚恋成功率攀升，街头多有黑衣孕妇，洋溢着黑色的笑容。孩子到来，冥界一片生机盎然。有生者与亡灵对话，多有疑惑羡慕之态，便寄幸福于来生，更好奇渴望死后的世界，从此，佛学大盛，以为死后可一劳永逸，人生再搏，转世可享重生。

从此，暮色便有佛像。修行隐遁。成熟睿智。潇洒超脱。有品位高尚者方识其魅力。白昼降临人间，自是骄傲张扬，与太阳日日纵酒把欢，享受人类暮色醒来白昼里劳碌一生。直到太阳大醉红脸方才散去。

暮色与白昼一战之后，人们渐渐习惯在破晓时分醒来，在白昼里工作生活。看见人世七彩。撞见万物欣欣生长。发现美各有形态，艺术产生了。暮色只得在白昼统治罢休之时，才在一天晚间时分默默到来。守护着安静睡去的人类。也不伤感，再无留念。黎明时分决然抽身。

渐渐的，几个世纪过去了。十几个世纪过去了。世界的最初离骚纠结像一个传说风干了。化为白昼的嬉嚷与暮色的静谧。一如既往。

暮色更孤单了。他知道他的色彩更加深刻，却也比白色更善解人意。开始他抑郁苦闷，然而不久他安然自信，像所有的怀才不遇者，他开始有了自己的朋友。黑色便与黑色为伍，自得其乐。

那是傍晚七点的天台。夜已经黑了。然而不是全黑。新月像油画最后的点睛之笔，美美溢满了黑色的天空。就像白昼里，太阳强悍地攻占大地。因此，你更爱月夜。夜是这样静谧，你想。黑夜更妩媚苗条，你觉得。

从此，你一生便记住了此刻的夜。这个月夜，你身着白色短T。淡蓝色碎花棉布睡裤。头发垂至肩胛骨。头顶的部分被红色发夹夹住。松松的。偏发线向右。头发仍有些潮湿，下午时分洗过，你觉得拥有这样的头发，被此刻月夜抚摸，月色便被揉进了发间。头颅便成了一弯新月。散发月光。在这孤单的天台上。只有有缘的人能看见。

这样的月夜，你选择靠近暮色和新月。你走动，暮色便浓了一点，便离新月近了些许。新月看到你，便要调整月光，向你所在的方向用力喷洒。好让你无论走到哪里，哪里便有月光浴。你了解，便体贴地专心沐浴。闭上眼睛。发现月光渐渐将身体洗干净了。不强求冒险到达别处。只怕让新月累着，让它费力气到处找你。

暮色还不是全黑。像你的年纪。此刻你和这暮色的年纪恰到好处。迷人。优雅。未熟到极致。渐入佳境。也许再过一会儿，你们便到达此生的黄金分割点。

此刻，你猜，这样的夜是否在恋爱？

过了一会儿，暮色消失了。黑夜来临了。

而你，还远未全部黑下来。

音乐的姿态

想要写这篇东西没什么目的。只是在这一年的开头的一天下午，躺在房间里，进行与时间的角力斗争。判断它内向的背后是深深的算计和心事。任何人都不会比它聪明。有趣的人和无趣的人最后都会离开这世界。电影也只能够红极一时。之后，就存在于同样敏感无助的沉默的大多数的人的心里。伴随他的心事一辈子。

睡不着。也不能够撑起来看任何一本书。听收音机。有的时候，它比单纯的 MP3 好。好像一只猫偶尔跳下一个人的窗台。在街道拐角遇到另一只猫。那般亲切。所有的电台 DJ 都要比丑陋的电视台主持人可爱容易亲近。有时候听着一个喜欢的电台 DJ 的说话。觉得他（她）是个天使。善解人意。笑容可掬。有时候你有股冲动，去给他（她）打电话。像是向牧师告白般。热泪盈眶。有可能立刻爱上他（她）。受不了他（她）还会与同事上司打打情骂骂俏。

搜索所有这个时候收音机里会传来的任何电台频道。扭到头，再上去，再下来。越想越寂寞。爱像孤独的花朵。每颗心都不自由。错过花开的时候，究竟是谁的错。小苏的旧歌。

音乐纵使再可爱和伟大，却也是一小段一小段被横切了的黄瓜。陈绮贞擅长小众的流行乐。却不见得会去唱肥胖的女人 O 起嘴巴起来的美声。爸爸喜欢德德玛的《草原在哪里》。却不一定懂得王菲的《催眠》的无厘头和无奈。

其实每个年轻人心里都有他的歌坛。那些地图。那些正室与偏室。每晚哪里点灯，他就打开谁的 CD 盒。音像店永远是最无趣和平庸的小广场。好听的不好听的一样享受第一名的招待。刚上架的新碟就是第一次面对圣上的秀女。皮肤细嫩不细嫩，性格贤淑不贤淑，哪种脸型讨那个人的喜欢，似乎都只是过场。于是我们每个人就都选了每个人心中的武则天。

努力到一定的程度来开演唱会不算厉害。从逆境中翻过身来，重新扮上妆，以强势的姿态望向观众席。低声独白。好友在角落里微笑。所有的争气和证明，在每个到场的歌迷心里。在每一次挥舞的荧光棒的光痕里。在这个晚上一个人回到家之后，闭上眼睛的瞬间。

在红勘体育馆的每一次“多谢”里。在每一次换好舞台装升到舞台上来瞬间的掌声里。

终身美丽的郑秀文。

有没有这样的音乐。不是流行。不是低音男沉闷地勾引着你的蓝调。不是吵得人心里烦躁的摇滚乐。不是毫无创意的班德瑞。不是令人恶心的用吉他钢琴翻奏的名曲。不是陈绮贞的那几首听来听去的音调差不多的童音。不是看似有些做作的故意生活化的自然卷。不是林一峰。不是所有用不懂的外语唱的音乐。不是电台 DJ 拼命推介之后听来却让人不以为然的音乐。不是那独特的几首的确很棒的电影原声。不是在上午醒来，想放点音乐却只能无可奈何地发呆。不是到了 KTV 只能选择避而不及的超市音乐。不是除了台湾香港腔就没有音乐可听。不是真正的好歌手却要被冷藏。不是真正想看的演唱会却只能在北京上海广州才能上演。而是真正的大自然的馈赠。

大海，鸟鸣，水滴，鼻息，沙漏，咀嚼，哭泣，亲吻，衣服的嚓嚓声，马桶冲水的声音，早晨手机的闹钟声，隔壁咚咚地装修声，鸡蛋在油里唱歌，楼下墙根下面晒太阳拉家常的太婆，电脑工作时低低的嗡嗡声，熟睡时的鼾声，妈妈的唠叨，新闻联播的片头曲，咳嗽声，高声吵架，水开时的蒸汽直往上冒，筷子和碗做爱，垃圾睡熟过去了时的姿态。

总有这样一种尴尬。英雄迟暮的悲凉。她们的音乐在她们发呆时仍存在。她们的音乐在她们被骗时仍存在。她们发胖了。她们不再被狗仔留意。她们失眠。抑郁。倾诉。哭泣。便秘。被恋人抛弃。她们的音乐她们不听。她们的歌迷她们记得。演唱会的天气她们记得。不同的城市，记者的尖刻。不同的衣服，鞋子的温度。

于是，她们的小歌迷有一天成为了另一个她们。男人有了男人。女人有了女人。孩子有了孩子。世界有了世界。

她来听我的演唱会。我听她们的心跳。

有谁去采访仍是优秀的她们？世界的嗅觉永远需要进化。就像孩子需要懂得，别人帮过你之后要说声谢谢。

相信，我们的感谢就在好音乐不断传唱的无声里。

当你拥有了幸福感。你便有了资格拥有你的歌迷。

所以，我的房子就是个门把手上看得见铁锈的老地方。天井里下起雨来地便湿了。我养着我的猫。喝老式的龙井。写东西的时候，水一会就开了。

所以，我便只看老照片了。一天只看一张。不然，不久就会厌了。

我每天穿最时尚的衣服。剪刘海。我用最好的相机拍照，可我只拍蓝天。直到它不再蓝的时候。

黑暗之光

从蚌壳里吐出的海市蜃楼　是谁短暂的美梦

打开的旅行箱里摆放着钢琴、鼓棒、老照片和一片雨云

接着　那个小孩准备要

离开黑暗的海边了

雷光夏全心创作专辑　黑暗之光

无法克制的抒情时刻

距离中的深深凝望　轻轻歌唱

冷酷实境里　温暖的那道光

——雷光夏

听到海浪残酷拍打，海边的蚌壳。像要吞没它。海边的海市蜃楼。

海靠近我。空气湿了。

繁星亮起，回忆浮动。

二〇〇八年的九月，和一个男孩去厦门。男孩不高，有一点淡淡的帅气。像电影《渺渺》里忧郁的吉他手陈飞。昨天看《渺渺》，黑暗里仿佛有光，男孩的样子又出现了。房间里电视屏幕的光。是我心底里的黑暗之光。厦门的味道出来了。像一种稚气的新鲜的草莓的味道。有一点点淡淡地发黄。还有一点涩涩的。外加一小勺糖。让人想起旧报纸。以及安静的冬日的街头。穿黑色男式大衣。像短发的广末凉子。拿起相

机的样子。洒脱的鬼脸。以及不久之后即将来临的孤单与落寞。男孩沉默安静，到达厦门的那个傍晚，一起到炮台附近的海滩玩耍。

是夜晚与清晨的激荡。

是难再被描写的时光。

是黄昏的渐暗的太阳。

我记得也是黑暗之光。雷光夏的音乐。在九月的海边三月的午后飞翔起来。在空中划开一道白线。飞行最近的航道抵达我的海市蜃楼。

也是大海。海靠近了。空气湿了。黑暗温柔。我们玩着我刚刚买的小白 LOMO 相机。我脱下鞋子。像八零后小女生那样摆着姿势。赤脚没入大海边界。不敢走远。让黑暗遮掩我的胆怯。恍若很在行的样子。像一个蹩脚的平面模特。结果相片洗出来全是黑暗。之中只有星星点点的厦门不知在哪里的红色星点。慷慨地给了我一点点色彩。

醒目的只有我漂亮的红色发卡。

黑暗之光。

男孩忧郁，一直在玩弄他的手机。

不说话。

黑暗的大海，夏天的暧昧气味，男孩的忧郁气质，我躁动的内心，海浪的拍打，凡·高鲜艳无双的浪漫，点点的光亮，未来不知在哪里的幸福，光脚上湿漉漉的沙子，稚气的 LOMO 相机拍下的笑脸，男孩孤独的姿态，心里小小的紧张，不远处的看客，偷偷接吻的情侣，玩水的男孩子。停滞的时间。

像是一团气味，玫瑰红，忧伤，悲剧，莫名，繁星，回忆，浪潮，人非。恍若中看见雷光夏穿着布裙披散开长发。或是着牛仔裤坐在面前弹木吉他。清清淡淡唱《我的 80 年代》。或是耳中传来她淡淡宽厚的电台流声。你好，我是雷光夏。

你好。我爱听你的《黑暗之光》。

我想要，

和你一起旅行。

该不是我的心，还在小声唱着。

该不是这场梦，是谁还在继续。

雷光夏，才女。诗人。嗓音民谣。不漂亮的中年害羞女子。

喜欢她在音乐里的独白：在梦中，低头看见自己的白色短袜和黑皮鞋，就知道又回到了高中时代。校园里，酝酿各种生动的声响。没有什么情节的梦，上演，好像只是为了安慰我一样。

男孩的背影，分明就是九月里最生动的黑暗之光。

喜欢，在厦门的那几天里，国庆鼓浪屿上汹涌的人流，于是一场好糟糕的鼓浪屿之行。

喜欢，给男孩讲，喜欢的电影。男孩不太看电影，于是我讲起来，也就似乎很学究的样子。

男孩不说话。乖乖帮我拍 LOMO。心里不知在惦念着哪个姑娘。让我很好奇。

男孩和我一起出行，我们到达的每一个地方，就在黑暗里，点燃起黑暗之光。

火车。旅店。饭厅。行程的车辙盖过的每一寸地方。

只是厦门之夜的那个海浪残酷拍打的海滩，不知道是不是雷光夏聆听海浪，看见蚌壳做梦吐出海市蜃楼的那个样子呢？

回来，洗出照片，拿到 LOMO 相机店，高高的男孩说，这张不错喔，不如放在这里吧。

于是，我的厦门之行，我的白色的害羞的膝盖，在浓郁的黑暗里发出光亮，是难再被描写的时光。

于是，从清晨开始旅行吧。

过去像是一幕电影。

相遇那天简单的默契。

说好就从清晨开始旅行。

电影《渺渺》里大段出现陈绮贞的《旅行的意义》。让我想起了二〇〇八年的厦门之行。其实也不知道到底旅行的意义是什么。旅行的意义只有在一切都结束之后才会浸泌出一些结果来。现在闻起来，大概隐隐已经有些发酵了。正如《渺渺》这杯红酒。就这样清清淡淡地品尝起来。

女孩小瑗喜欢上女孩渺渺。而渺渺喜欢上了二手CD店吉他手陈飞。而陈飞和他的男朋友小贝曾经组过一个摇滚乐团。小贝在乐团成功之后因车祸离开了。那首他们唱红的歌曲叫做《Get together》。小贝离开后陈飞开了这家二手CD店。终日戴着大耳机，闷在昏暗的光线里。女孩渺渺从日本到台北来，发现奶奶告诉过她曾经初恋过的糕饼店，竟然就是这家CD店。她爱上了这个沉默不语的男孩子。

吉他手陈飞因为酷似那个厦门之行的男孩，而让我心生温暖。让这个二〇〇九年的三月午后，有了大海轻柔浪潮般的自恋模样。

一直都喜欢CD的样子。

透明的盒盖打开来，是亮晶晶华丽光洁的碟片。聆听音乐，听一句声音看一句歌词。手不能脏。听CD，是要一个人，守在CD机旁，用习惯了的身体的姿态。静默。不考虑美丑。进入雷光夏的《黑暗之光》里旅行。原来你会发现，听着听着，你想到的，都是你自己。你听到的，都是你自己的独白。

CD。

干净。高贵。孤独。凛然。生生不息。

晚上，临时决定去影音堂碟店买CD。

城市里没有海，但黑暗仍然温柔。

也是在夜里，黑暗里，心在小声唱着。

该不是我的心，还在思索结局。

该不是这场梦，是谁还在继续。

CD，方方薄薄的小盒子。就是风格不同的美女。矜持。心机。单纯。喜欢CD的婀娜多姿的封面设计。就像世上没有一片纹路相同的叶子。像体态轻盈灿烂笑靥的芭蕾舞女孩。

CD刚属于你的时候，是可人的陌生的小孩，之间还不太熟。她冷眼看你。冰冷冰冷，相互磨合。你偶尔会遭遇到她小小的恶作剧。她哈哈哈哈笑起来。可用不了多久她就慢慢长大了。迅速成熟，独立，完美。有了和你之间的肌肤之亲。处处向着你。慢慢长成和你一样的脸庞，生出了属于你DNA的小孩。为了你可以在所不惜和别人决斗。安然和你过日子。在夜里爬到你耳边用舌头舔噬你的脸。打着小呼噜。一年又一年。直到你老去。离开她。她还在那里。

多年之后，不知是谁，一双新生的手找到这张《黑暗之光》。从箱底里拿出来，已经有些灰尘和旧态。可他将CD盒打开，拿出CD，放进机器里。她还是会唱出雷光夏的音乐。咿咿呀呀，在皱纹下面偷笑起来。而听的人，现在的时光。这些微不足道的欣欣向荣着的繁华。都到哪里去了呢？

《渺渺》里的那个泛着黄色温暖光亮的二手 CD 店，女孩渺渺与吉他手陈飞的青涩相遇，看着冷冷的沉默的男孩陈飞，身边环绕着深爱他的 CD。他的世界，全是 CD。CD 发出香气。凛然干净的味道。一小摞一小摞或竖立或斜摆着宁静的姿态。像香香的柠檬树果园。开花结果。是海浪。是黑暗之光。是伴侣。是写出的文字。是喜欢吃的某种食物。是某一种衣料与身体的轻柔抚摸。这种香，并不是每个人都会拥有。

雷光夏拥有。

我也拥有。

你呢？

而早年买的流行 CD，岁月漫漫。躺在柜子里。已经有了些睡意朦胧的灰尘。

今天来听《黑暗之光》。又来听《黑暗之光》。

厦门之行后不久听到的单纯的雷光夏。没有心机的雷光夏。像是那场笨拙秀丽的旅行。

不怕沙漠。不怕风雪。不怕迷路。

少女渺渺对奶奶说，我知道恋爱是怎么一回事了。我终于找到奶奶初恋的那个地方。那家糕饼店。已经变成一家小小的二手 CD 店。我在那里，明白为什么有些事你永远忘不掉。味道，声音，文字，风景，都是会过去的。最后留下来的，只有记忆。如果有一天，我什么都失去了，我知道我一辈子不会忘记，有一年在台北，我遇到过一个爱过我的人，和一个没有爱上我的人。

我想，我是否也有那个曾经会眷恋的二手 CD 店呢？或是，你是否也曾有过一个随性的九月，旅行到一个地方。独自或是和另一个人。牵手或是自由。看着世界上面你能看到的一切新生的和已慢慢结束的。邂逅一种音乐。音乐是一种匣子。华丽包裹。

每个人心底，都有一个最爱的人。

他们往往携带有黑暗之光。照亮你最洁白的脸庞。

能成为永恒的，往往是记忆里最单纯的那片海，就像渺渺、小瑷、陈飞、小贝……

就像我。像男孩。

像光夏。

结束。一切都结束之后。

旅行结束了。音乐停止了。雷光夏不再唱了。CD 机不转动了。电影说 END 了。

于是，什么都不要再说。

你只需要成为一枚孤单的蚌壳。在黑暗来临的夜之光里，爬上海滩，吐出一个你觉得最美的海市蜃楼。

那些花儿，那些声音

每一种音乐都独自存在，无法婚娶

音乐是什么？是否因为上帝创造了人类的耳朵，才让音乐这种东西来扰乱我们的心。音乐仿佛与我们的耳朵无关。仿佛，我们全身上下都是耳朵。那是水一样的东西，每一小处皮毛深沉的表层，于是全身都湿了。

音乐是声音里面的王。她是声音潜心创作的一篇小说。是声音在画室里穿着背带裤，神经质画出的画儿。是声音导演的电影最后缓缓上升的字幕。是喷涌而出的哭泣的泪水。是一瞬的流星逝去。是和眼睛的一种复杂的对视。是一种孩子气般的惹人疼爱的摄影角度。

音乐是值得赞美的。她是老妈妈布满美丽纹路的手。是睡去时你无法言说的容颜。一种死去之后的墓志铭。生命从死去之后开始伸展。是一种幸福还没到来时心灵的安稳。是淑女迈步时裙边缓缓优雅的律动。是爱的成熟。音乐应该是成熟的。音乐又应是孩子气的。

音乐应该是永远面对着第一次性爱来到时的处女之身。她年已二八。她已经开始了夜夜羞耻又愚笨的慰藉。懂得一切，又无知得教人叹息。她是苔丝。她是伊豆的舞女。她是初次造访胡兰成的张爱玲。是十六岁西贡河岸边就已经面容苍老的法国情人……

音乐从来都是善意的。音乐都是从善良里繁衍出千姿百态来。每一种音乐都独自存在，无法婚娶。她是少年暗恋自己在水里的倒影。在别人的欢喜里享受自己的单身。只能孤老终生。因为她注定了只会给聆听她的人以更加伟大的孤独感。而这样的孤独感是幸福着的。

那样一种妆容叫做单纯

听音乐的人将他喜爱的音乐重新书写成另一部小说，或者搅和了色彩再画成另一幅画儿。音乐是可以任由个人加工再创作的艺术形式。而文学是看得见的文字。美术是看得见色彩的画儿。电影是无法更改的影像。建筑是实实在在的固体。时装是剪裁好了的样子。舞蹈是人体美的展现。

音乐在哪里？如果音乐看得到她的样子，是否白如云彩，动如处子。邓丽君的音乐，内向的人听出了优雅和华丽；开朗的人则觉得甜腻而索然。童安格的《耶利亚女郎》高亢，热情，是我在初中一年级时候的艳遇。那时的空气里撒满了石灰白。海子和你拥舞，世界抹上了他脸上的羞红。那样一种妆容叫做单纯。照片拍出来便是黄色的。是为了方便现在来怀旧。我们每天在巨大的花棉被里走来走去，被包裹和照顾。懒懒散散就活得很好。

而你呢？亲爱的你，是和我一样，听到郁冬的《露天电影院》，就会想要哭泣起来的么？

电影原声是流行音乐的情敌

我们生活的时代，说起音乐，便是指的流行音乐。我们不听古典音乐，或是听得少。巴赫与莫扎特没有足够的魅力来冒充我们的偶像。我们没有他俩，也活得挺好。在我们的生活里，实在不能昧着自己的良心说，我讨厌流行音乐，其实喜欢古典音乐。那一定是相亲时苍白而滑稽的谎言。

我们爱陈绮贞，我们爱五月天，我们爱老狼，我们爱张国荣，我们爱范晓萱。

我已经很久没有买新的唱片。记得上一张唱片是电影《东邪西毒》终级版的电影原声。电影原声不属于任何一种音乐。她应是流行音乐的情敌。她出现之后，世上便有了嫉妒。我们无疑贪恋这样的邂逅。她应该是另一类处女散发出的罕有的令人销魂与发疯的体香。她是电影音乐配乐者们宠爱的宝贝。你听她。爱上她。却只能是枉然。她们早就已与男子绕床弄青梅。电影便是男子。女子在他身后羞藏了半张脸。小巧的脚。玫瑰红的小嘴。冰雪聪明的心。在男子疲累回家之后捧上一方湿帕。只是小心翼翼地说声，替你揉揉背吧。电影原声便是这样克己智慧的女子。因为她们太优秀，于是便有人拿了她们的身子，仿制了多个，廉价出售。用以挽救这世上太多的失恋者。

很久没有与音乐来一场艳遇了

已经很久没有与音乐来一场艳遇了。于是人也有点打不起精神。于是只得在已经分手的旧情人里赖皮寻找慰藉。近来听的音乐，竟然咬咬嘴唇，找出王杰的《安妮》来。孟庭苇的《一个爱上浪漫的人》百听不厌。无聊时，也狠下心来点击王菲的《闷》。还蛮有瘾地喜欢反复听黄立行在《分开旅行》里吐词不准的台湾腔。

喜欢吉他。喜欢一切慢节奏的文艺范儿。所以不爱摇滚。也不听用外国字来唱歌的音乐。那不能带给我任何感动。有时为了显得我听的音乐有多广泛，便虚假地徘徊在音像店里架子上的一大堆趾高气扬的东西洋人之间，看着唱片封面上陌生的外国字，以及设计理念晦涩新奇的人脸大头贴。感觉茫然。好比面对自己不喜欢的相亲对象。介绍人还在滔滔不绝地说道，别看他没谈过恋爱，人老实着呢！将来绝对不花心！

好的音乐是一次微熏的亲吻

好的音乐，一定是一把笑嘻嘻的旧椅子。坐上去之后，一定还会咿咿呀呀地响起来。像你已经出门之后，背后父亲依然凝望你的目光。好的音乐就是可以包裹住你的身体，让你自由地蜷缩起来，稍稍打个盹的那把旧椅子。椅子是你最可靠的男朋友。你将头靠在他的肩头，他不会有厌倦。还散发着一股成熟安然的肌肤味道。好的音乐，是一次微微醉人的亲吻。吻到眼泪掉下来。你听每一首不同的音乐，就是在和每一个不同的人亲吻。于是你就拥有了成百上千次恋爱。每一次重复的聆听，就是和旧情人反复的互相询问近况。

听到很多身边的朋友们说，现在听的音乐都是那些已经过去了的。他们会在自己的空间里怀念那些旧情人。小虎队的《红蜻蜓》。叶蓓的《白衣飘飘的年代》。老狼的《模范情书》。齐豫的《九月的高跟鞋》。雷光夏的《清晨旅行》。刘若英的《透明》。陈绮贞的《after 17》。当音乐响起来的时候，你便穿上了芭蕾舞鞋，旋转脚尖。一种淡雅的疯狂让你穿上红舞鞋，此时此刻都不要停下来。音乐停止了，脑袋还是晕晕的。之后你的不舍与留连便是音乐最城府处狡黠的微笑。她勾引你爱上她。成为她的追随者。

当她的微笑像日出的太阳与你相遇，你便由美人鱼变成了永恒的泡沫。你知道，你再也躲不开她。那温柔的泡沫在海水中表白得越美丽，你就爱上她越深。

流行歌坛如此静谧而平庸

现在的华语流行音乐，在我听来已没多大意思。说起来，四大天王还是上世纪曾经的四大天王。“滚石

50 年”巡回演唱会像是一场盛装祭祖。再也没有超越张信哲的情歌王子。齐秦脸和声带都松弛得不像样子，仍四处抛头露脸接受致敬。香港乐坛只剩下陈奕迅和容祖儿。台湾乐坛靠苏打绿和五月天在支撑。这个没有了王菲，没有了张国荣，没有了窦唯，没有了张惠妹的流行歌坛，显得如此静谧而平庸。大量的选秀歌手揩了一把乐坛的油水，混得个脸熟，除了让自己熏得了一口的港台普通话，只能反衬出这个年代中国流行音乐的苍白与寂寞。

那双威风凛凛的红舞鞋，在尴尬的时代里蒙上一层灰。脸上爬上了年纹。因为太闷而得了抑郁症。再也看不到她曾经汗水涔涔的模样。倒像是一座久无人住的剧院。不再有曾经角儿咿咿呀呀的生气。抬眼看，旧壁上一方暗暗斑斓的印痕，还留有当年名角儿的半张脸。在夜半，还隐约听得到宅子落寞的哭泣。

所以从今以后，只约会旧人。

张爱玲也是那些花儿么

听到《流浪歌手的情人》是在高中时代。旋律响起，渴望我的小房间变成一间可以望见北斗星的阁楼。想要用双手拥住歌手的脸。抚摩他脏兮兮的长发。幻想他能够在楼下为我弹奏吉他。然后义无反顾地浪迹天涯。好让我有机会可以因为失恋而哭泣。哭泣是高贵而性感的。

《那些花儿》的盛开是在大一时分。夏天，从实习的电视台坐双层巴士回家，手伸出二层的车窗，摘一片绿黄得浓烈的梧桐树叶。猜想张爱玲在1944年里的某一天，乘上海的有轨电车，和我同样的动作。张爱玲也是那些花儿么？她被风吹散在哪一处的天涯？她如今还在哪里盛放？

大四的秋天，我们的寝室搬到了东区一幢。就要毕业了，空气里是青青的蓝莓的酸涩。背景里是老胶片转动起来的斑驳印痕与嘈杂声响。在那些最后的日子里，我们表现出了一种圣洁。仿佛我们一旦离开，全世界的大学便会末日到来般地消失掉。我们就是最后的终结者。于是内心深处不免有些骄傲自满。没有课的下午时分，午睡醒来，细心感知周遭，发现一切都完好如初。并没有收到惩罚的预先通知。心便一点一点扩张开，像一场告别演出般，悲壮地，放肆地，大声唱起莫文蔚的《阴天》。整理被子时唱，在开水间洗脸时唱。唱得整幢房子都变成了阴天时的街道。人来人往。有香烟的氤氲。橱窗里摆满了两个人傻傻的照片。

短发时代的陈绮贞

工作之后，告别磁带。开始大量收藏CD。有一天整理旧碟，发现了不知是哪一年买的陈绮贞的《吉他手》。那时，还是短发时代的陈绮贞。丑丑的蘑菇头。

唱着简单而执拗的《就算全世界与我为敌》。早期淡定自由的作品。没有现在摇曳百媚的花的姿态。

不喜欢她的新专辑《太阳》。那是一种成熟之后的淡然。太完美反而没有了生机勃勃的气息。是她一贯的才华与聪明的最高潮。显得刻意而繁华。却让人无法亲近。

喜欢她的《九份的咖啡店》。音乐里只有吉他的独占。下午时分，夏天的37度。不算干净的九份街头。男人骑着机车时而驰过。几只垃圾袋像雪花一般优雅地飘舞在风里。有观光客被太阳晒红了脸，却还好奇地四处拍照。你觉得九份街头让你有些失望。老板依然很精明和滑头的样子。小孩子有着和你家楼下每天一模一样的吵闹与世故。你完全可以想象你的城市，就已经拥有了全世界上所有的美好。

九份，因为有了陈绮贞的偏执，也就有了点小小的雅致与文艺的味道。一群女孩着水手服，长相平凡。毫无城府地背着吉他轻轻盈盈地经过。里面会有下一个陈绮贞么？

陈绮贞，就是那个穿白裙落单坐落在不起眼的小咖啡店里，面对着不超过十个人独自弹吉他轻轻唱《小步舞曲》的女孩。童音弥漫开来。你遇到只是背着LOMO相机的她，素颜。认不出她了。若和她相遇聊天，你会敏感地发现，她的笑容客气。你说喜欢她的音乐，她的脸会笑容飞扬。继而悄悄泛红。礼貌地对你说再见。可是不过几天，你会在台北小巨蛋里发现舞台上那个星光熠熠的Cheer。不可一世的Cheer。

那个可以傲视一切的时代

将柜子里所有的CD碟小心地搬到地板上，整理分类。于是不一会儿身边就绽满了音乐凝固的结晶体。晶莹剔透。像已经见过大世面的模样。抽烟猜拳。或是女人们小圈子地勾心斗角着。谈论着减肥经。说着新来的女子配不上那条苏州的丝绸裙子。我不得不和他（她）们打着太极。一背转过身去，他（她）们就将音乐当作武器相互较劲。刘德华和张学友势均力敌。刘德华说我比你帅。张学友说我是歌神你是什么。费玉清过来劝架。高声唱着《千里之外》。做和事佬。

许茹芸和许美静结成了好姐妹。世人称她俩为“二许”。她们大可以傲视那一个已经过去了的时代。在那个时代里，女孩们打开水一路上也要哼起《独角戏》。男生讨好女生，在电台为她点播《泪海》，以为那是最时尚的馈赠。男生与女生联谊，看她是否有品位，聊起天来，听她说喜欢深夜听许美静的《都是夜归人》，便仿佛找到了贴心的红颜知己。女生寝室里开卧谈会，说起音乐，谁没有听过《铁窗》，便无法进入话题中心。这便是我的大学时代。听着《我依然爱你》爱上一个男孩。哼着《快乐无罪》斜倚在老八幢的二楼窗前，想着自己的内心已经有了三十二岁的厌世。

萧亚轩和苏慧伦是“二许”的闺蜜。曾经共同作战在第一线。荣辱与共。如今就连她们已然年华老去也陪伴在一起。成为剩女一族。依然享受着那个时代震荡之后至今的余飨。

刘若英和梁静茹是另一类美女。她俩不理会“二许”。嘲笑她们大势已去。刘若英的专辑《我很好》还摆在我的碟机上方。至今，她还在出唱片。梁静茹的《燕尾蝶》和《勇气》至今盛唱不衰。“二许”对此撇撇嘴，不置可否。

戴佩妮和杨乃文则是另类气质的酷女。她们高贵而沉默。一向独来独往。音乐也颇具才华。被其他人看做“怪人”。受到大家的避而远之和漠然的尊敬。吃饭逛街也不会主动邀约。我整理着旧 CD。将她俩单独放在了一起。我明白她们的独立与不合群，就像是在保护着我自己。我这样做着，心里有些酸涩。

凡群落里必有领袖。CD 里的王者，还是王菲与张惠妹。王菲偶尔露个脸来，大家捧场。本是紧张而匆匆作罢，也被当作是范儿十足。久而久之，王菲便不像王菲，王菲到底是谁？

阿 Mei 忙着谈恋爱。最新的男友仍旧是个弟弟。这个奔放火热的女子，比谁都容易受伤。

我不吭声。听他（她）们呀呀低语。顾自整理 CD。归类，上架。按照他（她）们所在的小群体细心地照顾着，叶蓓与老狼在一起待着。莫文蔚与伍佰是好朋友。陈升与刘若英无疑是一国的。不能分开。坚决不能将林忆莲与蔡依林凑到一起，她们会打起来。

最后，我的目光慢慢注意到了这样三张CD。手将她们三人单独拿出来，久久看着，贴心地放在了身边。

你的茶陪着我的咖啡
你的眼不知看着窗外的谁
冷的茶陪着冷的咖啡后悔
谁知道我们还有没有机会再挽回

——丁薇《茶与咖啡》

丁薇。内地没有第二个丁薇。她的音乐像一把利刃准确地刺中了内地流行音乐苍白而虚弱的胸膛。爵士。精灵。才华。想到另一个我。私底下夸夸其谈的我。私底下聪明乖巧的我。私底下桀骜不驯的我。其余时间我就像装在套子里的人。沉默不语。有时候会闷得喘不过气来。暗自哭泣。

听到丁薇的音乐，我就可以暂时有机会掀开套子的一角，让脸露出来，大力呼吸我最爱的大街上的汽油味和房间里的书香。看见周围的人群仍然被装在套子里。看见他们瞧我时嫉妒的眼神。这很有快感。我看见大部分人终其一生始终没有脱下那个套子。于是谁也不知道他们在套子里面是什么样。看见我的人，都会惊呼脱下套子的我是何等美艳。我却从来不知道我真实的样子。

在听丁薇的音乐的时候，我在泪水里看到我向我走过来。对我说，相信我。你如此优秀。

二教楼门口的那片草场
听说已不是原来的模样
傻笑的姑娘听说已端庄
闭上眼最初你的脸庞

——曹方《纪念册》

曹方。我一直很好奇。这样一个孩子气的女生，是怎样混迹于北京的独立音乐圈里。想象不到，她抹上大红的唇膏，穿上高跟鞋的样子。或者说，独立音乐原本就是孩子气的？成熟，该是怎样的一种感觉？应该是很无趣的吧。如果有成熟的速成班，教人学会陪酒与算计，我倒愿意听一听，反正那些套路有限。学来用恶俗抵挡恶俗，应该就是成熟的真谛。

曹方是那个帮你将情书递给男生的死党。她似乎总是拒绝男孩的爱情。真相是，在毕业的那个夏夜，你们喝了酒。她破天荒地与男生跳起了舞。然后还亲吻了他们。大家都说她疯了。男孩们最后悻悻地离开。最幼稚的那一个在心里谋划第二天在哪里约会她。

可是，她哭着抱着你对你说，其实喜欢你。不想离开你。

那晚，她第一次亲吻了你。那也是她的最后一个亲吻。是你一生中唯一一个女孩子给你颤抖而轻柔的亲吻。

多年后，衰老的内地音乐圈的裙边被镶上了一轮浅蓝色的蕾丝花边。细心的人会发现，喔，好像是哪里变漂亮了。可又没有发现秘密。

多年后，曹芳成为了曹方。她成了大班的班长。你早已成为他人妇。然后带着孩子来听她的演唱会。

他喜欢穿白衬衫他的固执就是浪漫
他说话的速度比较慢，笑声占了魅力的一半
看他在沉默里幻想
听他不经意的歌唱

——周迅《大齐》

周迅。大齐已是她的往事。我们都有白衬衫。我们的爱人都有白衬衫。如今那件白衬衫脏了，布满汗渍。骄傲地挺立在洗手间里。孤寂。也自负无比。也许，爱情，就是一件脏了的白衬衫。一次性成品。上面的痕迹是一堆颜料。衬衫是一件艺术品。

周迅早已不唱了。但前些年，她的音乐让我喜欢。她还是幸福的快乐的让人羡慕的实力派演员周迅。因为她有男友。有男友的女孩无疑是应该骄傲的。她有

后记

还是这座城市。还是这扇窗口。窗外，飞鸟不变。建筑依旧。夜声如昔。小孩子们长大了，又来了一拨小孩子。楼下闲谈的妇人也不变。这个世界，永恒着的是那么美丽。也是那么残酷。这个世界，变化着的是那么勇敢，也是那么温暖。

前些天，从北京返汉，爸爸照例去机场接我。我又开口说起了武汉话。回到家，妈妈准备了清香的米粥。我的小房间，像只猫咪安静地看着我。眯缝着眼，随后，懒懒地打了个哈欠。

几年前，当这只猫咪还很小的时候，我就与它为伴。还是这座城市。还是这扇窗口。我和猫咪都饿了，就吞下一些书，一些碟片。猫咪睡着了，我就揉揉它的肚子，帮助它消化。

于是，我在这扇窗前，点着灯光，写下这些文字。有时下着雨，就像此刻的窗外。

在那些没有未来的日子里，猫咪是我唯一的朋友。这间房间。它就是我的朋友，我的男友，我的闺蜜。我不寂寞，况且，还有我的书，影碟。我们日夜厮守。相互慰藉。

如果我注定是一只蝴蝶，那么在破茧成蝶之前，会有一段被包裹在蛹中挣扎蜕变的时光。在那一只小小的蛹中，我就是自己的王。我开通了博客。2007 年的 7 月，我有了自己的博客。我对自己说，里面的每一篇博文，都是一篇自己的作品。

写作，是我对这个世界的呐喊和抵抗。在每一个深夜，也是在这扇窗前，我一个人写着。快乐而富足。兴奋而骄傲。我将文章发表到网上，然后不时点击刷新，看到那个数字慢慢变大，幸福无比。我在自己的房间里，自导自演，自己搭建舞台为自己颁奖。星光熠熠。

我写下了这些文字。代表我，与这个世界交谈。然后，这些文章开始发表在北京、珠海等地的报刊上。然后，《中国文艺家》与《大武汉》杂志为我开设了电影随笔专栏。直到今天，“菁点电影”专栏仍然在我的家乡继续生长。

现在，这些文字又要集结出版，与更多的读者见面了。在此，我要谢谢武汉大学出版社，谢谢父亲母亲。谢谢我的先生任杰，谢谢你给了我破茧成蝶的那片森林。

我爱你们。

董　菁

2013年5月16日于汉口